Francesco Cheynet
Lucio Schina

I segreti di Greystone

ISBN: 978-1-911424-51-2
SKU/ID: 9781911424512

A catalogue record for this book is available from the British Library.

Type font:
Minion Pro
Savoye LET

Illustrations: Vanessa Barbiero (Bibi)
Editor: Wolf Graham
Layout: Wolf Graham
Cover: Wolf Graham

Publishing Company:
Black Wolf Edition & Publishing Ltd.
Scotland (UK)
www.blackwolfedition.com

First edition English language 2020
First edition Italian language 2021

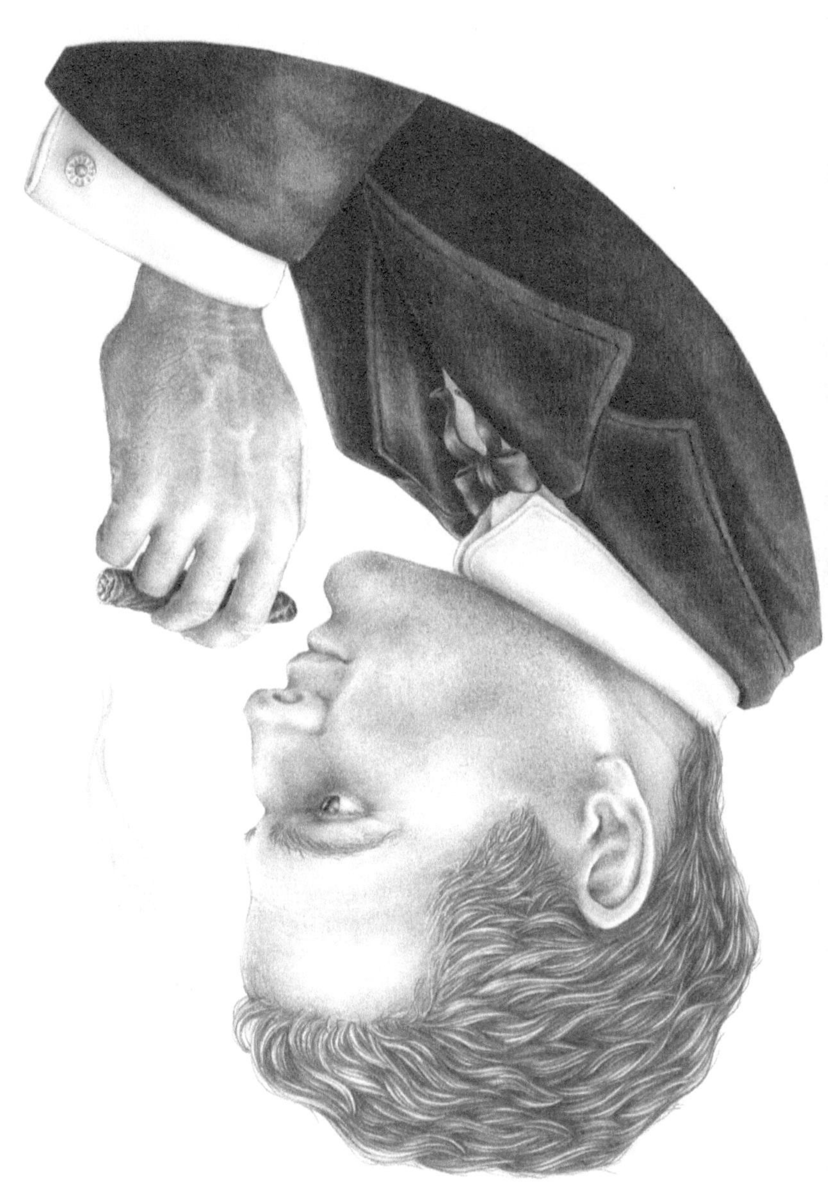

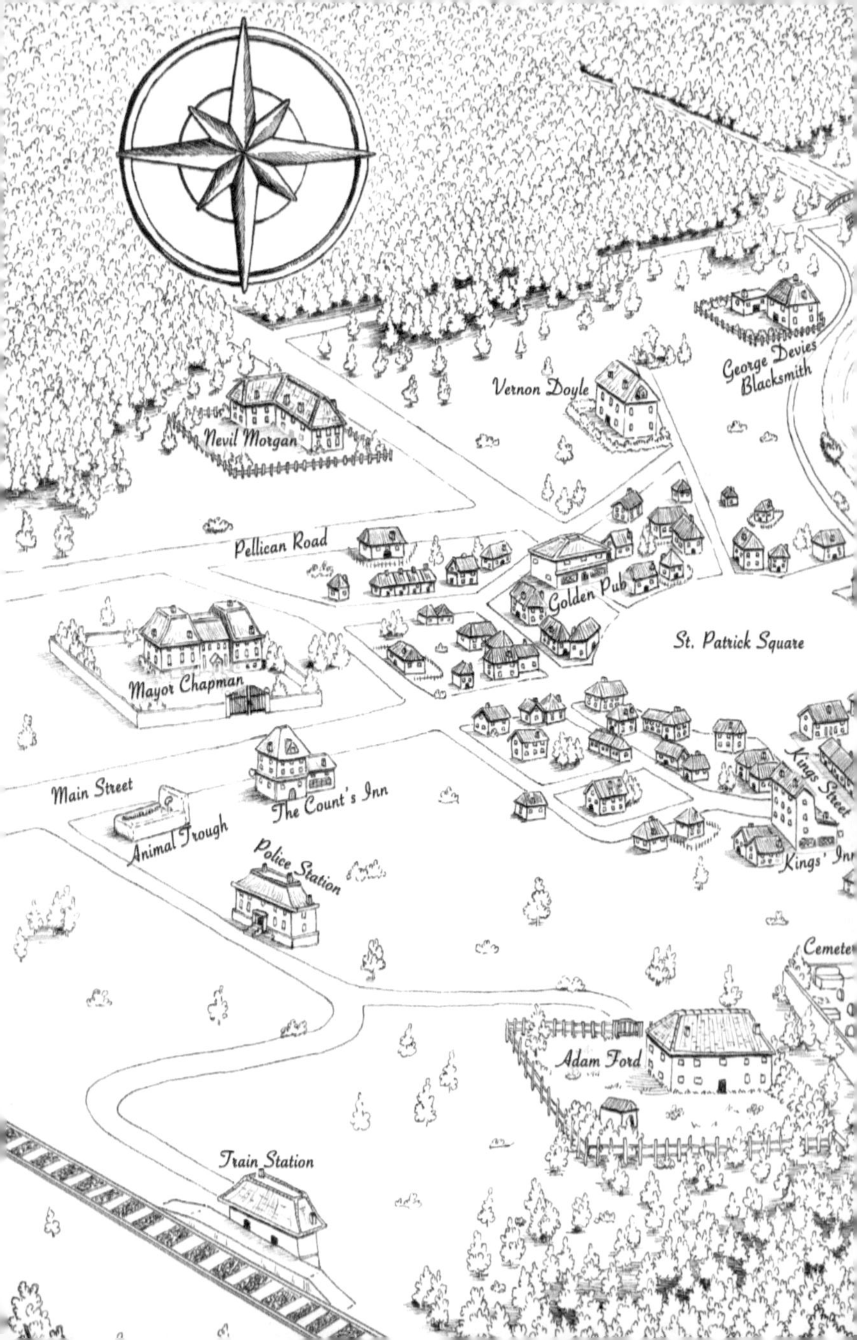

Vernon Doyle
George Devies
Blacksmith
Nevil Morgan
Pellican Road
Golden Pub
St. Patrick Square
Mayor Chapman
Kings Street
Main Street
The Count's Inn
Animal Trough
Kings' Inn
Police Station
Cemetery
Adam Ford
Train Station

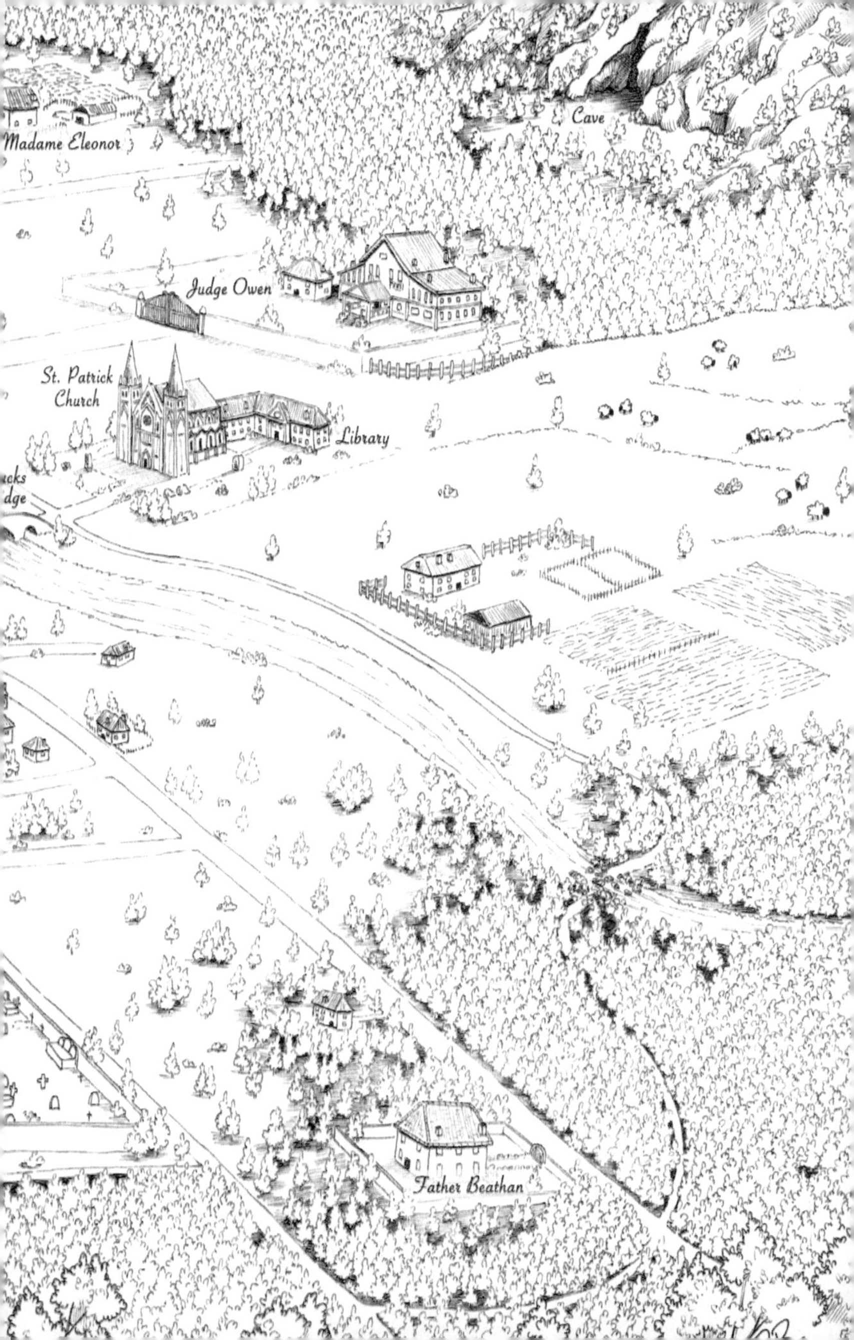

Madame Eleonor
Cave
Judge Owen
St. Patrick Church
Library
racks
dge
Father Beathan

Antefatto

27 Ottobre 1750

Il diacono attraversò il cancello d'ingresso e giunse ansimando sull'uscio della porta. Si voltò per assicurarsi che nessuno lo avesse seguito poi, sistematosi il mantello e il tricorno, bussò violentemente. Quando un servitore gli aprì, chiese di essere annunciato al padrone di casa.

"Ho una lettera da consegnare a sua eminenza Arthur William Harrington."

"Chi devo annunciare?" chiese l'uomo rimasto immobile sul ciglio.

La divisa gli conferiva un aspetto cerimoniale; calzava delle braghe di velluto al ginocchio con intarsi sui bordi, una camicia di seta bianca a risvolti elaborati, un panciotto rifinito da motivi arabeschi e una parrucca dai riflessi argentei. Eleganti controspalline adornavano una lunga giacca color rubino, con larghi bottoni dorati a forma di campanelline.

"Il diacono del vescovo Matthews".

Nell'attesa di essere ricevuto, il ragazzo si lasciò incuriosire dalle note di una musica d'orchestra proveniente dal salone dei ricevimenti. La sera del gran ballo si mostrava in tutta la sua magnificenza; coppie vestite in modo sfarzoso danzavano al centro della sala, mentre ai lati gli invitati conversavano degustando i migliori vini della riserva personale del padrone, accompagnandoli con cibi prelibati disposti su lunghi tavoli adornati da tovaglie di seta con pizzi ricamati ai bordi. L'atmosfera era scaldata dai ceppi che ardevano all'interno di un grande camino posto nell'angolo nord della sala, la cui maestosità era impreziosita da una greca in marmo di Carrara che ne seguiva i contorni.

Il diacono sollevò lo sguardo per ammirare i lampadari di cristallo, che proiettavano sul pavimento riflessi di ogni colore dell'arcobaleno.

Come consuetudine, gli abitanti del villaggio erano stati invitati a festeggiare la fine del raccolto, quell'anno molto abbondante. Il suo viso, però, tradiva una profonda inquietudine. Teneva il mantello stretto a sé come se avesse avuto il compito di proteggere un oggetto di grande valore. Si allontanò dal salone e si diresse verso l'ingresso. Gettò uno sguardo furtivo all'esterno; la sera era limpida e stellata. Anche se il calendario preannunciava l'imminente arrivo dell'inverno, quell'anno la temperatura si manteneva mite; al diacono, però, tremavano le mani ed era percorso da brividi di freddo. Chiuse la tenda, scansò il mantello con un braccio e controllò l'interno della bisaccia. Dei passi pesanti lo fecero quasi sobbalzare; si voltò e scrutò in direzione del corridoio che si apriva alla sua destra. Dal fondo, la luce tremolante di una candela si avvicinava illuminando a stento i visi ritratti degli antichi nobili della casata, incorniciati e disposti con cura sulle pareti. Il servitore fece cenno di seguirlo, si voltò e, con lo stesso incedere marziale, lo condusse dinanzi una porta.

"Sua eminenza la sta attendendo" annunciò laconico.

Il diacono ringraziò ed entrò, mentre il servitore richiudeva la porta con discrezione.

La stanza era illuminata da un camino acceso e dalla luce dei candelabri posizionati ai lati di un tavolo rettangolare che troneggiava al centro.

"Vi prego di perdonare la mia visita ma ho avuto ordine di riferirvi che la questione è della massima importanza!" esclamò intimorito al cospetto dei ricchi signori, mentre toglieva il tricorno e faceva un leggero inchino.

"Lei è gradito ospite stasera e dunque prenda posto e assaggi questo liquore" esordì Arthur

William Harrington con tono gioviale, mentre gliene versava mezzo calice.

"Lei è troppo buono Milord" ribatté il ragazzo afferrandolo con entrambe le mani.

"Il servitore mi ha informato che ha un'ambasciata da consegnarmi; prima, però, consenta di presentarle gli ospiti qui presenti: il giudice della contea, Durward Owen, appena giunto nella nostra comunità, e il sindaco Nickolas Chapman che, in questa serata di giubilo, ci ha onorato della sua visita. Ma sbaglio o lei sta tremando dal freddo? Si metta pure accanto al fuoco e riprenda vigore".

Nell'osservare lo sguardo impaurito del diacono, il viso paffuto di Arthur William mutò di espressione, come colto da un cattivo presagio. Si versò del rum e tornò a sedere sfilandosi la parrucca.

"È qui per conto del vescovo?"

"No Milord, sua eminenza è all'oscuro di questa vicenda. Mi manda lo sceriffo Harvey".

Gli occhi neri e acuti del giovane scrutarono interrogativi Sir Arthur in attesa di un cenno esplicito.

"Può dunque parlare in libertà, i gentiluomini qui presenti godono della massima fiducia".

Con un gesto rapido il diacono ingoiò il rum

tutto d'un sorso, poggiò il calice su uno scrittoio a muro e allargò il mantello fino a liberarsene. Aprì la bisaccia e ne estrasse una missiva sigillata a cera.

"Mi perdoni Milord ma lo sceriffo ha espresso il desiderio che lei la apra in mia presenza e non ne rimandi la lettura per alcun motivo".

Arthur William Harrington prese la lettera in mano. Inforcò un paio di lenti da vista, si avvicinò a un candelabro e aprì la busta gialla, leggendone il contenuto a bassa voce. Il sindaco Chapman e il giudice Owen erano rimasti a osservare senza intervenire. I loro volti, allegri solo pochi minuti prima, apparivano ora preoccupati.

"Signori!" esclamò l'aristocratico padrone di casa dopo aver ripiegato la lettera ed essersi sfilato le lenti. "Lo sceriffo Harvey ha appena consultato madame Althea; i cani ululano al cielo e la montagna ha iniziato a tremare. Devo informarvi a malincuore che la bestia si sta prestando a tornare".

21 Ottobre 1884 - Martedì

L'inverno era arrivato con largo anticipo quell'anno, portando un freddo rigido e copiose nevicate. Le insegne delle locande svolazzavano sotto raffiche di vento improvvise; dai fumaioli delle case spuntavano alte colonne di fumo grigio e i loro spioventi sembravano dover crollare sotto lo spesso strato di neve. Per le strade si vedevano poche persone passeggiare e il silenzio ovattato era interrotto dai soli schiamazzi dei bambini, che giocavano a inseguirsi e lanciarsi palle di neve. Il paesaggio candido e l'aria frizzante donavano al villaggio un'aura quasi mistica.

Salendo lungo la via che lo tagliava in due da sud a nord, una volta superata St Patrick Square e il Ducks Bridge, un vecchio ponte di origine medioevale, si giungeva alla chiesa locale. Era un'antica costruzione in stile gotico antico, sorta intorno al XIII secolo utilizzando il perimetro di un santuario paleocristiano, i cui resti affioravano ancora lungo il lato ovest sotto forma di muretti in pietra a secco.

Le vaste distese coltivabili garantivano lavoro e cibo all'intera popolazione; grazie all'uso di tecniche agricole avanzate, l'alta produttività permetteva di accumulare ingenti surplus di prodotti, che venivano immagazzinati e successivamente venduti nei mercati grazie ai treni merce che transitavano nella stazione locale con cadenza giornaliera. L'acqua del fiume brillava al sole e brulicava di ogni specie di pesce, oltre a rappresentare una fonte inesauribile durante i periodi di irrigazione dei campi. Se uno straniero si fosse trovato a transitare per il villaggio lo avrebbe potuto descrivere come un piccolo paradiso uscito dalla fertile immaginazione di un romanziere, un luogo da fiaba purificato dal bianco mantello che vi era depositato. Ma dalle viscere del profondo una macchia scarlatta si preparava a infettare la terra, spargendo i suoi semi come una peste e tramutando il senso di armonia in un folle labirinto di violenza.

Quel giorno Vernon Doyle aveva anticipato di molte ore il suo arrivo in chiesa. Il buio regnava ancora imponente e aveva già terminato di sistemare i libri lasciati sui tavoli. Si era recato all'ingresso della chiesa assicurandosi che la porta fosse chiusa a chiave. Tornato nella biblioteca, dopo aver spostato uno degli scrittoi e arrotolato il tappeto su cui poggiava, trovò la mattonella con una piccola croce incisa sopra; la sollevò insieme alle due adiacenti, portando alla luce un'insenatura cava. Dall'interno estrasse un porta documenti in pelle che custodiva un testo antico conservato in ottimo stato. Scorse le pagine fino a quando trovò quella che stava cercando, dopodiché lo adagiò con cura sul tavolo allargando le braccia e iniziando a sussurrare strani versi scritti in celtico. Quando avvertì una lieve vibrazione sotto il pavimento diede alla voce un tono più profondo, ripetendo meccanicamente la formula fino a sprofondare in uno stato di tensione parossistica. Il rombo sinistro di un tuono squarciò il silenzio della stanza, mentre la luce fioca della luna che filtrava dalle finestre moriva sotto il peso di un manto informe di nuvole grigie giunte dal nulla, che fecero piombare il villaggio in una oscurità spettrale. Terrorizzato dalle conseguenze incontrollabili che la celebrazione del rito stava provocando, Vernon Doyle afferrò il crocefisso che teneva al collo, stringendolo al punto da procurarsi profondi tagli sul palmo della mano. In pochi secondi l'oggetto sacro iniziò a macchiarsi con il sangue che fuoriusciva dalle ferite, creando un rivolo denso che finì per gocciolare in terra seguendo i contorni della figura del Cristo. Ignorava il significato della formula ma sapeva che tra le pieghe del tempo si nascondeva un'entità che avrebbe garantito l'immortalità a chi sarebbe stato in grado di evocarla e garantirsene il favore, una volta risvegliata e spinta ad abbandonare la sua dimora negli inferi. Le nuvole basse avevano avvolto la chiesa in una morsa gelida e il vento sferzante faceva tremare le imposte delle finestre. Un buio nefasto limitava la visibilità a qualche passo e portava con sé l'odore dolciastro della morte.

Vernon Doyle chiuse terrorizzato il libro e lo nascose al suo posto, poi corse fuori dalla biblioteca e si inginocchiò di fronte il grande crocefisso in legno posto alle spalle dell'altare. Prese a invocare il perdono del Signore usando un lembo della camicia per ripulire l'immagine sacra dal suo sangue ormai infetto. Il tremore delle mani divenne così frenetico che iniziò ad avvertire fitte dolorose, finché l'orrore per quanto evocato si impossessò di lui fino a farlo urlare dalla disperazione. Fu un attimo che la voce si strozzò in gola. Vernon Doyle non comprendeva ciò che gli stava accadendo; inghiottito in un vortice di immagini deliranti iniziò ad avvertire un lieve calore al centro del petto, una sensazione che scendeva sul ventre e terminava umida tra le gambe. Gli occhi sgranati erano sul punto di schizzare fuori dalle orbite. Quando il crocefisso gli scivolò sul pavimento ebbe solo la forza di alzare una mano e portarsela al collo. Un liquido vischioso e caldo zampillava da una profonda ferita che si apriva sotto la mandibola, uno strappo talmente ampio che la testa si piegò all'indietro in modo innaturale. Vernon Doyle tentò di bloccare la fuoriuscita del sangue tamponandolo con il palmo della mano, ma questa scivolò all'interno fino a toccare le ossa cervicali. Un dolore lancinante si propagò lungo i nervi sensibili del corpo, mentre il colore del viso divenne funereo. Arretrò di qualche passo fissando un'ombra che si avvicinava minacciosa. La vista sfocata gli impediva di mettere a fuoco la bestia, ma gli sembrò di scorgere i contorni di una figura enorme, con corna caprine che fuoriuscivano dal cranio come pustole infette. Le mani, ossute e deformi, impugnavano lame affilate gocciolanti sangue, il suo sangue, che la creatura esigeva come sacrificio alla sua gloria. Emetteva un gemito simile a un lamento funebre, aveva gli occhi neri infossati e la bocca contratta in un ghigno feroce. Giunto di fronte, quasi non avesse essenza, lo trapassò da parte a parte con il corpo, vaporizzandosi l'istante dopo. Vernon Doyle ebbe un sussulto prima di esalare l'ultimo respiro; due grossi squarci gli avevano aperto di netto il ventre e provocato la fuoriuscita delle viscere, che si confusero sul pavimento in un lago di sangue.

20 Ottobre 1884 – Lunedì

Dalla finestra del suo ufficio Dorian Bayley osservava col pensiero altrove le carrozze parcheggiate di fronte l'ingresso di Scotland Yard. Aveva iniziato il turno da appena dieci minuti ma si stava ancora godendo un sigaro, perdendosi con piacere in pensieri che spaziavano lontano nel tempo e nello spazio. Quella mattina la sua mente tornava ai tempi in cui era stato assegnato in quell'ufficio. Allora le carrozze si contavano sulle dita di una mano e i proprietari erano ben noti all'interno del dipartimento.

Alle sette e mezzo, con una leggera nebbia che ancora velava la città, Londra viveva un risveglio sonnacchioso; il ritmo con il quale girava il mondo gli suggeriva di prendersi qualche attimo prima di gettarsi a capofitto nelle indagini lasciate in sospeso. Puntuale come un orologio Emily Clarke, la segretaria addetta allo smistamento della posta interna e al ricevimento, bussò alla porta e, senza attendere risposta, entrò dando il buongiorno con in mano una tazza di tè fumante e un biglietto scritto a mano.

"Come farei senza di te?" chiese l'ispettore agguantando la tazza e godendosi il calore sulle mani.

"Immagino che tua moglie saprebbe badare a te e prepararti un ottimo tè" rispose la segretaria con un sorriso simpatico.

Dorian Bayley aveva folti capelli brizzolati che tendevano, anno dopo anno, verso il bianco. Era più alto della media e, nonostante l'età, di lì a pochi mesi avrebbe compiuto cinquant'anni, si manteneva in piena forma fisica. I suoi occhi scuri evidenziavano uno sguardo vivo, brillante ma, a volte, le pupille puntavano in una direzione astratta come se vagasse con la mente in una galassia lontana e impenetrabile. Era nei momenti in cui pareva assente che il suo intuito gli suggeriva particolari in grado di condurlo alla risoluzione di un caso. Una sorta di intuizione superiore che apparteneva al suo stesso essere, una dote innata e non il frutto della serrata formazione che lo aveva portato a diventare ispettore.

"E quello che hai in mano cos'è, un invito a teatro?" chiese con ironia sorseggiando con calma il tè.

"Spiacente ma questo me l'ha dato Paul Carter, il tuo capo!" precisò Emily.

Paul Carter era l'ispettore capo del dipartimento investigativo, la figura più importante all'interno di Scotland Yard.

"Carter ha deciso di svegliarsi presto la mattina" borbottò Dorian.

Prese il biglietto dalle mani della segretaria e lo lesse pur immaginandone il contenuto. C'era scritto:

"Appena hai un minuto presentati nel mio ufficio."

Alzò gli occhi al soffitto temendo l'avvicinarsi di una enorme seccatura. D'altronde, quando si trattava di casi ordinari, Carter faceva recapitare direttamente gli incartamenti da studiare; quando in ballo c'era qualcosa di delicato, invece, convocava gli ispettori nel suo ufficio per anticiparglieli a voce.

"In bocca al lupo!" augurò Emily accennando un saluto mentre usciva accompagnando la porta.

Cinque minuti dopo Dorian Bayley era seduto di fronte al suo capo, con gli avambracci poggiati lungo lo spigolo della scrivania.

"Di cosa si tratta?" domandò smorzando sul nascere qualsiasi convenevole.

"Greystone! Sai dove si trova?" rispose Carter fissandolo negli occhi.

"Devo averla già sentita... ma così, su due piedi, non riesco a ricordare."

"Inghilterra del nord" proseguì l'ispettore capo "si tratta di un paesino che non conta più di 500 anime; una piccola comunità, benestante, incastonata fra le colline e il niente, a circa 550 miglia da qui."

"Un paradiso insomma" commentò Dorian Bayley "è per caso un viaggio premio per festeggiare i trent'anni di servizio a Scotland Yard?"

"Non proprio Dorian, ma ho pensato a te credendo ti facesse piacere fuggire un po' da Londra."

"Parlami del caso."

"C'è stato un furto all'interno di un'abitazione; si tratta di un testo antico, qualcosa che ha a che vedere con la magia."

Dorian Bayley non riuscì a trattenere una risata.

"Mi stai chiedendo di sobbarcarmi un giorno e mezzo di viaggio per il furto di un libro che tratta di streghe e fattucchiere?"

Carter sbuffò; aveva previsto quella obiezione e tenuto per sé la seconda parte della storia. Scosse la testa e riprese a parlare.

"Certo che no! Il paese, anche se piccolo, riveste una certa importanza per l'economia della contea, in quanto esporta le proprie coltivazioni verso tutti i mercati limitrofi, incluso il mangime per gli animali d'allevamento. Ritenendola una zona strategica il governo, anche su richiesta del sindaco, diversi anni fa fece pressione a Scotland Yard affinché inviasse un proprio incaricato con il

compito di coordinare un piccolo commissariato composto da tre poliziotti, che si scambiano i turni per garantire la sicurezza."

L'ispettore capo fece una pausa per dare modo a Dorian Bayley di fargli notare che, per un evento di quella portata, un ufficiale di Scotland Yard era più che sufficiente. Ma stavolta Dorian non abboccò e attese che il capo riprendesse a parlare.

"Il problema è questo; il nostro incaricato è scomparso cinque giorni dopo il furto e, da quel momento, nessuno ha più avuto notizie di lui."

"Di chi si tratta?" chiese incuriosito.

"Dell'ispettore Nevil Morgan."

"Nevil Morgan?" ribadì con stupore Dorian, "L'enigmatico Nevil, quello che risolveva i casi invocando in sogno il nome del colpevole?"

Stavolta fu Carter a non riuscire a trattenere una risata.

"Proprio lui."

"Non lo vedo da almeno quindici anni..." continuò riflettendo "...avevamo partecipato a una sessione di aggiornamento ed è allora che feci la sua conoscenza. Un personaggio fuori dalle righe, un tipo originale. Una volta mi raccontò di aver rintracciato una persona scomparsa grazie a una seduta spiritica. Mai conosciuto un individuo simile in tutta la mia vita."

"Ora è lui a essere scomparso e devo ammettere che la cosa mi preoccupa" riprese Carter riacquistando un'espressione seria. "È un tipo un po' eccentrico e su questo siamo d'accordo, ma è un ottimo elemento e sul lavoro non ha mai creato problemi".

Dorian Bayley cercò di tornare con la mente al presente e la sua espressione si fece pensierosa.

"Quando dovrei partire?"

"Oggi pomeriggio alle due; dentro questa busta ci sono i biglietti. Da Londra un treno ti porterà a Middlesbrough e lì ti fermerai a dormire presso l'albergo *The House*, situato appena fuori la stazione. La mattina alle sette prenderai una vaporiera che ti lascerà alla stazione di Greystone, dove un agente del posto verrà a prelevarti. L'arrivo è previsto intorno alle nove."

"Hai dato per scontato che ti dicessi di sì" notò stizzito Dorian Bayley.

"Proprio così!" rispose Carter sfoderando un sorriso a labbra strette "nel parcheggio interno hai a disposizione una carrozza con un vetturino che ti accompagnerà a casa e poi alla stazione ferroviaria. Avvisa tua moglie e dille che non sai quanti giorni ti tratterrai. Nel dubbio porta l'occorrente per almeno due settimane."

"Immagino che per l'alloggio dovrò chiedere

all'agente che troverò all'arrivo."

"A quello abbiamo già pensato; alloggerai nella camera di una locanda immersa nel verde che ti aiuterà a concentrarti, con una grandiosa vista sulle colline circostanti".

Dorian Bayley non rispose; l'incarico lo intrigava e su questo Carter non aveva sbagliato. Conosceva il suo capo fin troppo bene e, malgrado all'apparenza fosse esigente e scontroso, sapeva fare il proprio mestiere. Nell'assegnare i casi non si limitava a valutare solo lo stato di servizio ma considerava anche le aspettative personali.

"Passami l'incartamento" disse fingendo di averci pensato su.

"Ecco qui, all'interno c'è tutto!" esclamò Carter spingendo verso di lui alcuni fogli mal rilegati che giacevano sulla scrivania.

"Perfetto! Ci vediamo al mio ritorno".

Dorian Bayley si incamminò verso la porta; quando l'aprì sentì nuovamente la voce di Carter.

"Dorian!"

L'ispettore si voltò.

"Ho come l'impressione che non sarà una vacanza. Spero di sbagliarmi".

Dorian Bayley chiuse la porta senza dare seguito a quelle parole e si avviò verso l'uscita.

21 Ottobre 1884 – Martedì

Approfittando del sole tiepido e di un tempo che sembrava volgere al bello, quella mattina Joseph Beathan decise di raggiungere la chiesa modificando il percorso che era solito seguire. Dopo tre giorni in cui non aveva fatto altro che nevicare, pensò che la cosa migliore fosse respirare l'aria pura dei boschi.

Consumò la solita colazione, si preparò in fretta e uscì di casa; si fermò qualche minuto dai Wilson, che abitavano di fronte e a cui, anni prima, aveva donato un pezzo di terra trasformato nel tempo in un orto. Voleva ringraziare la signora Wilson per la torta alle mele che aveva preparato il giorno prima e, soprattutto, salutare la piccola Emma; una bambina di quattro anni che non faceva altro che sorridere e di cui era innamorato come il più affettuoso dei padri.

"Ci vediamo domenica in chiesa" si congedò dopo aver riconsegnato il piatto.

Da quando era stato inviato a Greystone per gestire la chiesa di St Patrick, padre Beathan era riuscito a entrare nelle simpatie degli abitanti, che lo consideravano, ormai, una figura spirituale di riferimento. Un'indole riservata e un'innata avversione per la disquisizione politica gli avevano impedito di accettare l'invito a divenire membro del consiglio locale, anche se interveniva pubblicamente ogni volta che occorreva discutere questioni inerenti la solidarietà e la spartizione ai più bisognosi del surplus del raccolto. Non faceva mai mancare un sorriso o un saluto alle persone che incontrava e terminava le discussioni dando sempre appuntamento alla funzione della domenica successiva. Le sue orazioni avevano conquistato il favore dei fedeli e nel giro di pochi anni, era riuscito a far tornare la chiesa al centro della vita sociale del paese, vincendo gli effetti nefasti di carestie e sacerdoti corrotti che avevano avuto come conseguenza quella di svilire la reputazione di qualsiasi uomo si professasse intermediario di Dio. La chiesa aveva così cessato di essere un luogo da evitare ed era tornata a impersonare il ruolo di una seconda casa, pronta a tendere la mano ai propri fedeli.

Il sentiero nel bosco, ripulito soltanto il giorno prima, era stato nuovamente ricoperto da un fitto strato di neve caduta improvvisa poco prima che sorgesse il giorno. Padre Beathan sollevò l'abito nero legandoselo alle ginocchia e proseguì la camminata facendosi strada con un ramo raccolto lungo il sentiero, che utilizzò come bastone da passeggio improvvisato. Zoppicava con la gamba mancina ma riusciva a nascondere il difetto grazie a una corporatura snella e un'andatura decisa.

Dopo circa mezz'ora giunse sul limitare del bosco; da lì salì lungo il sentiero che spuntava sulla strada principale poco prima del Ducks Bridge. Era l'ora in cui il paese iniziava a prendere vita e padre Beathan accelerò il passo per arrivare puntuale. Giunto in prossimità del porticato notò il portone ancora chiuso. Salì i tre gradini in legno e percosse con forza il battente ad anello; il custode, Vernon Doyle, aveva il compito di aprirlo intorno alle sette e trenta, dopo aver sistemato la biblioteca e messo in ordine la sagrestia ed era solito giungere prima dell'alba per portare a termine i compiti assegnati, operazione che ripeteva con laboriosa regolarità tutte le mattine da quasi tredici anni.

Non ricevendo risposta il prete provò a suonare la campanella, quindi fece il giro e si recò sul retro. Raggiunse la porta della biblioteca, un'enorme sala a forma di "L" costruita come prolungamento della chiesa, dalla quale si poteva accedere in sagrestia tramite un corridoio interno.

Girò la maniglia facendo una leggera pressione con la spalla, ma trovò chiusa a chiave anche questa porta. Rifletté un attimo sul da farsi, poi

decise di cercarlo nella sua abitazione. Uscì dal giardino, superò a passo svelto il Ducks Bridge e arrivato a St Patrick Square, prese un vicolo senza uscita che si apriva al centro della piazza verso est. Chiese ai vicini, uno dei quali confermò di aver sentito Vernon Doyle uscire di casa poco prima delle quattro.

"Perché mai così presto? Dio non voglia che gli sia accaduto qualcosa!" esclamò facendosi il segno della croce.

Il diacono, che nel frattempo lo aveva raggiunto di corsa dopo essere passato in chiesa, gli si fermò dinnanzi.

"Padre... forse sarebbe il caso di chiamare George Davies, il fabbro" suggerì ansimando.

"È una buona idea Edward, tornando vai ad avvisare anche la polizia; io vi aspetterò lì" rispose speranzoso.

Quando pochi minuti dopo Edward giunse in compagnia dei due uomini, trovarono padre Beathan che si ostinava a bussare e chiamare a gran voce il nome di Vernon Doyle.

"Padre" esordì il giovane agente con fare guardingo "il diacono mi ha informato venendo qui. Al momento l'ispettore Morgan non è rintracciabile. La cosa migliore da fare è aprire il portone e controllare che dentro sia tutto in ordine. Dopo

dirameremo un dispaccio per persona scomparsa."

"Prego" rispose il prete lasciando spazio al fabbro mentre si asciugava la fronte madida con un fazzoletto.

George Davies chiese ai presenti di scendere i gradini e spostarsi oltre il porticato; posò in terra la pesante cassetta degli attrezzi, estrasse alcuni elementi e iniziò a lavorare piegandosi sulla serratura.

"Può dirmi quando è stata l'ultima volta che ha visto Vernon Doyle?" chiese l'agente aprendo un taccuino e prendendo una matita dalla tasca. Si chiamava Jacob Young ed era stato assegnato alle dipendenze dell'ispettore Nevil Morgan da non più di tre anni.

"Ieri sera intorno alle sette; ricordo di averlo salutato prima di lasciare la chiesa per far ritorno a casa. Presumo sia rimasto all'incirca fino alle otto, come di consueto. Ha il compito di chiudere prima delle otto e trenta e riaprire alle sette e trenta del mattino."

"Lei non ha le chiavi con sé?"

"Non le porto mai, a questo pensa sempre Vernon. Lui ne ha sempre un mazzo mentre il secondo è in sagrestia e lo utilizziamo solo in caso di necessità. Che io ricordi non è mai stato usato

da nessuno".

Il diacono confermò le parole di padre Beathan, aggiungendo che negli ultimi tempi Vernon Doyle era più riservato del solito.

"Aveva problemi di cui siete a conoscenza?"

"Vernon vive solo in paese e tutti gli vogliono bene. Ha una sorella a Londra che, però, vede raramente. È un uomo mite e semplice. Non riesco a immaginare un motivo per cui volesse allontanarsi dalla chiesa" rispose il prete.

Un rumore di cardini che cedevano interruppe la conversazione. George Davies ripose gli attrezzi nella cassetta, si alzò e diede una spinta vigorosa al portone, che si aprì verso l'interno, facendo cadere in terra la chiave rimasta nella toppa. Dopodiché salutò con un cenno e si incamminò verso il paese.

"Da questa parte..." fece strada padre Beathan.

Il giovane poliziotto fece cenno ai due di attendere un suo ordine. Mise il taccuino e la matita in una tasca della giacca, estrasse il manganello ed entrò con circospezione. Dall'esterno si udì il rumore dei passi farsi sempre più deboli, fino a sparire del tutto.

Pochi minuti dopo, che a padre Beathan sembrarono un'eternità, si sentirono i passi del poliziotto avvicinarsi con respiro trafelato. Dall'incedere nervoso sembrava stesse fuggendo; uscì sbattendo con forza la porta dietro di sé. Poggiò la schiena contro il portone, allargando le braccia e piegando le ginocchia come per impedire a qualcuno di uscire. Era sbiancato in volto e gli occhi verdi erano carichi di terrore. Si tolse l'elmetto e si passò una mano tra i capelli, poi si fermò vicino a un'aiuola e iniziò a vomitare piegandosi in avanti.

"Mio Dio è terribile, terribile!" ebbe la sola forza di esclamare.

"Cosa è accaduto figliolo?" chiese con tono impaurito padre Beathan mentre cercava di confortarlo dandogli piccole pacche sulla spalla.

"Occorre chiudere la chiesa e circoscrivere l'area" rispose il poliziotto tossendo "lì dentro si è appena consumato un orrendo omicidio".

Il treno partito da Middlesbrough era adibito al trasporto merci, a cui erano state aggiunte in coda due carrozze passeggeri dotate di seggiole in legno. Quando vi aveva trovato posto, Dorian Bayley si sentiva già provato dal lungo viaggio del giorno precedente e da una nottata nella quale aveva faticato a prendere sonno. Come se non bastasse si era presentato in stazione con più di un'ora di anticipo, prima ancora che aprissero i cancelli, e aveva dovuto attendere 40 minuti in piedi e al freddo.

Il viaggio del giorno precedente, da Londra a Middlesbrough, lo aveva dedicato allo studio degli incartamenti. Il treno aveva fatto più fermate di quante ne aveva immaginate e, anziché percorrere la tratta interna, che sapeva essere la più breve, era passato lungo la costa est, attraversando località mai sentite prima, come Boston, Skegness e Scunthorpe.

Dal rapporto letto più volte con attenzione non emergevano spunti significativi che suggerissero un punto di partenza e una direzione da seguire. Il libro era stato sottratto nell'abitazione di Adam Ford il 13 ottobre, un incaricato comunale responsabile della gestione e della manutenzione del cimitero locale. Si trattava di un uomo che non aveva mai dato modo di far parlare di sé, pur essendo di carattere irascibile e che viveva in una casa alla periferia sud - est di Greystone, proprio dove le abitazioni lasciavano il posto a un grosso bosco di conifere. Aveva 56 anni e abitava con la moglie Olivia, di quasi dieci anni più anziana. Il loro unico figlio, Martin, si era trasferito a Liverpool, dove lavorava da più di cinque anni. In relazione al contenuto del libro rubato, i dettagli forniti non andavano oltre a quelli comunicati a voce dall'ispettore capo; si trattava di un manoscritto a carattere esoterico. L'autore si era nascosto dietro lo pseudonimo di *Ambactus Danu*, forse per sfuggire alle persecuzioni dei tribunali dell'inquisizione.

La parte più delicata di tutta la storia, però, era senza dubbio la sparizione di Nevil Morgan, l'ispettore incaricato delle indagini. La sua immagine sfocata gli era passata davanti gli occhi per l'intera notte trascorsa nella camera d'albergo a Middlesbrough. Non era riuscito a mettere a fuoco il suo aspetto fisico, di quando lo aveva conosciuto a Londra, ma erano trascorsi ormai quindici anni e gli sembrò normale non aver conservato un ricordo vivido di quel volto. Lo ricordava basso e robusto, con una vistosa stempiatura e uno sguardo enigmatico. Tutto qui. Non c'era nulla che collegasse il furto del libro alla sua sparizione, ma Dorian Bayley diffidava delle coincidenze ed era convinto che presto qualcosa sarebbe saltato fuori. Ricordava bene la passione del collega per la magia, le sedute spiritiche e i fenomeni parapsicologici. Un legame doveva esserci ma le dinamiche rimanevano per il momento ignote.

L'ultima persona ad aver visto l'ispettore Morgan era stato Frank Owen. Da quanto riportato nell'incartamento, Owen era il giudice della contea, un ruolo appartenuto, prima di lui, a tutta la sua discendenza maschile. Era un personaggio influente e rispettato anche per la sua forte personalità. Come ovvio, intratteneva stretti rapporti professionali con Nevil Morgan, anche se spesso si incontravano per conversare di questioni private. La mattina del 18 ottobre l'ispettore Morgan era passato a trovarlo nella sua abitazione; ad accoglierlo come di consueto era stata la governante, di nome Margaret. Lo aveva fatto accomodare nella sala dei ricevimenti dove, insieme al giudice, avevano bevuto una tazza di tè e discusso per circa venti minuti; dopo aver lasciato la villa, era sparito nel nulla.

L'andatura lenta del treno permetteva a Dorian Bayley di scorgere dal finestrino un perfetto paesaggio innevato, fatto di distese bianche e piccoli gruppi di case dal tetto infarinato. A tratti il treno sobbalzava, come se le rotaie non fossero ben livellate, provocando scossoni improvvisi che rendevano il viaggio ancora più snervante.

Prima di giungere a Greystone provò a riordinare cronologicamente le informazioni contenute nel dossier, che aveva più volte ripreso in mano come a voler fissare nella mente alcuni particolari che riteneva interessanti.

La sera del 13 ottobre si era verificato il furto di un libro nell'abitazione di Adam Ford, il quale si era recato di persona a denunciare l'accaduto presso gli uffici di polizia. Il 18 ottobre, di mattina, Nevil Morgan era scomparso dopo aver fatto visita al giudice Frank Owen.

Occorreva capire cosa fosse accaduto in quell'intervallo di cinque giorni, se l'ispettore avesse scoperto qualcosa, con chi aveva parlato, a che punto era con il caso e se, in quel momento, si stesse occupando di altre indagini che potessero mettere a repentaglio la sua incolumità.

"Occorrerà partire dall'abitazione di Nevil Morgan" pensò con convinzione, consapevole dell'importanza di appuntare per iscritto ogni elemento che emergeva, aggiungendovi le proprie considerazioni personali.

Quando in lontananza prese forma un paesino composto da basse costruzioni in pietra, la locomotiva iniziò a perdere potenza e le ruote restituirono un fischio fastidioso. Una pensilina in legno, dalla quale penzolava un cartello con inciso il nome della stazione, accoglieva Dorian Bayley, che sistemò l'incartamento in valigia dopo aver infilato il cappotto. Sollevò il pesante bagaglio, si avvicinò alla porta e scese le scalette facendo attenzione a non scivolare. Sulla destra notò un uomo in divisa; inspirò una boccata d'aria fredda che gli ripulì i polmoni e si stupì nel sentirsi invaso da una vampata di entusiasmo. Si trovò costretto ad ammettere che Paul Carter aveva visto giusto anche questa volta.

"Piacere ispettore Bayley, il mio nome è Jacob Young" si presentò il poliziotto che si era avvicinato con passo lento ma deciso. "Le porgo il benvenuto a Greystone anche a nome dei miei colleghi. La sua fame la precede e siamo onorati di fare la sua conoscenza. Siamo certi che farà luce sulla scomparsa dell'ispettore Morgan".

Per gli agenti di un paesino del nord dell'Inghilterra, poter collaborare con ispettori inviati da Londra era un evento eccezionale. Dall'arrivo di Nevil Morgan, oramai considerato uno del posto, nessun ispettore di Scotland Yard aveva messo più piede a Greystone, tantomeno chi godeva degli onori di essere considerato tra i migliori del reparto investigativo.

"Piacere Jacob" ripose Bayley "se potessi accompagnarmi nel mio alloggio provvederei a sistemare e riporre le mie cose. Dopo potremo cominciare le indagini."

"C'è un problema, ispettore. Devo informarla che abbiamo appena rinvenuto il cadavere mutilato di un uomo. Si tratta del bibliotecario e custode della chiesa, di nome Vernon Doyle".

Bayley notò nell'espressione di Jacob Young un'ombra di terrore. Era evidente come nessuno, da quelle parti, fosse abituato a una simile ferocia e che negli occhi del poliziotto fosse rimasta impressa un'immagine che non avrebbe mai più dimenticato.

"Dove è stato trovato il cadavere?"

"All'interno della chiesa, accanto all'altare".

Dorian Bayley si fermò a riflettere; l'unico pensiero razionale che riuscì a formulare riguardava la complessità del caso che, ormai era assodato, si presentava molto più articolato del previsto.

"Passiamo alla locanda, posiamo il suo bagaglio e, se è d'accordo, la porto a ispezionare il luogo del delitto che ho fatto chiudere, lasciando un agente di guardia."

"Mi sembra una buona idea" confermò l'ispettore, che respinse con garbo il tentativo dell'agente di portargli bagaglio

Nello spiazzo antistante la chiesa si era già formato uno sparuto gruppetto di curiosi, informati dell'accaduto nel giro di pochi minuti. Un altro

poliziotto, che era stato chiamato fuori orario di servizio, aveva il compito di tenerli lontani dall'entrata ma, di fatto, il suo intervento si limitava a rimanere immobile ai piedi del porticato. Alla vista del collega e dell'ispettore, sganciò la staffa che reggeva la porta e aprì di quel tanto che bastava per far entrare entrambi, poi sgusciò dentro richiudendola alle loro spalle.

Dorian Bayley avvertì la sensazione di essere stato scaraventato all'inferno. La bellezza del paese, l'aria pura che respirava e quell'impressione di assoluta tranquillità era stata di colpo soppiantata da un corpo senza vita, vittima di una violenza inaudita. Dopo un attimo di sconcerto prese il taccuino e iniziò ad annotare ogni particolare, girando intorno al cadavere con estrema accortezza. Lo spettacolo era raccapricciante; gli abiti all'altezza dello stomaco erano lacerati e il ventre squarciato da due grossi tagli paralleli che avevano provocato la fuoriuscita delle viscere. Jacob Young teneva gli occhi fissi sui piedi di Vernon Doyle, cercando di nascondere il suo disagio all'ispettore. All'altezza della carotide era stata inferta una coltellata che aveva quasi staccato di netto la testa, che si presentava piegata a destra; dalla profondità del taglio l'ispettore comprese che il colpo era stato sferrato con una forza brutale, quasi sovrumana. Sui palmi delle mani affioravano dei tagli incompatibili con un tentativo di difesa contro fendenti inferti da breve distanza. Una catenina con un crocefisso giaceva accanto al corpo supino; era un piccolo oggetto placcato in oro, usato dai fedeli durante la celebrazione delle preghiere di gruppo.

Il sole filtrava dalle grandi finestre che percorrevano l'intero perimetro murario della chiesa, proiettando i propri raggi a ridosso del corpo martoriato. L'illuminazione naturale era sufficiente a rendere nitido ogni angolo della chiesa, eccezion fatta per le piccole navate laterali che rimanevano nella penombra e necessitavano di luce artificiale prodotta da grandi candelabri sistemati ai due lati. L'ispettore notò che Vernon Doyle aveva avuto il tempo di sostituire le candele consumate e inserirne di nuove, con gli stoppini bianchi. Dopo aver sollevato lo sguardo e studiato il modo in cui le luce filtrava dalle finestre, tornò a camminare a passi lenti intorno al cadavere, fissandolo come fosse in attesa di qualcosa. Jacob Young se ne stava in disparte a osservare affascinato il modo in cui il suo nuovo capo si era immerso nel caso. Quando pensava di aver terminato le analisi preliminari, l'ispettore notò un piccolissimo frammento che brillava poco sotto il gomito della vittima. Si inginocchiò per raccoglierlo, lo mise sul palmo della mano e lo osservò con attenzione. Si trattava di un frammento d'oro non più grande di un'unghia; dovette inforcare gli occhiali per capire che quell'oggetto riproduceva la lettera greca "Ω". Con cautela lo avvolse in un fazzoletto tenendolo aperto sul palmo della mano.

"Vi dice niente questa?" domandò voltandosi e mostrandolo ai due agenti.

Jacob Young appariva stralunato; il giorno in cui era stato assegnato a Greystone aveva esultato all'idea di prestare servizio in uno dei luoghi più tranquilli della contea, unico paese in tutto il nord dell'Inghilterra che, pur contando meno di 500 abitanti, vantava un proprio commissariato con un ispettore, tre agenti e un giudice, in grado di garantire una forza di polizia efficiente dal grande potere deterrente. Greystone era salito spesso alle cronache dei giornali come uno dei luoghi più sicuri di tutta l'Inghilterra, con un livello di criminalità che rasentava lo zero. Ma il rinvenimento del cadavere di Vernon Doyle, che conosceva personalmente pur non avendolo mai frequentato, lo aveva risvegliato dal sogno di un soggiorno retribuito, per gettarlo nella dura consapevolezza di una realtà che si era fatta, di colpo, misteriosa e malvagia.

"A me non dice nulla" ripose il secondo poliziotto che sembrava più presente e a proprio agio sulla scena del crimine. Al contrario del collega, si era impegnato a ispezionare il cadavere e la zona circostante alla ricerca di indizi.

Jacob si voltò per osservare l'oggetto che l'ispettore stava indicando; rifletté un momento, poi fece di no con la testa.

Chiuso il taccuino, Dorian Bayley attraversò una navata laterale ed entrò in sagrestia. A sinistra, su un mobiletto, una ciotola conca di legno conteneva un mazzo di chiavi; su ognuna era inciso un numero e un foglio fissato al muro ne indicava la stanza corrispondente. In fondo notò un paio di particolari che lo incuriosirono. Una sedia giaceva in terra a circa un metro dal tavolo, in direzione del corridoio. Accanto, come fosse caduta dalle mani di qualcuno, c'era una lampada a cherosene con i frammenti di vetro sparsi in terra. Lasciò tutto dov'era e proseguì fino ad arrivare nella biblioteca. All'interno alcune tende erano tirate e la sala era in penombra; ne aprì un paio e la luce invase la stanza come un'onda di piena. Fece un giro completo cercando possibili oggetti fuori posto ma tutti i libri erano ordinati in modo impeccabile, così come gli scrittoi, di-

sposti in lunghezza su due file parallele, ognuno dei quali poggiato su un tappeto rosso, una sfumatura cromatica che riprendeva con gusto il colore delle tende. Giunto all'estremità opposta tornò a indossare gli occhiali; si avvicinò allo scaffale frontale, piegandosi quasi a toccare con il naso una mensola dove erano depositati dei frammenti. Con il pollice e l'indice strofinò un residuo erboso; portò le dita sotto le narici e chiuse gli occhi per sviluppare al massimo il senso olfattivo. Prese infine un secondo fazzoletto e raccolse quella sostanza spolverando la mensola con una mano; avrebbe richiesto un'analisi dettagliata che sul posto non era possibile ottenere.

"Jacob!" chiamò una volta tornato in chiesa "mentre venivamo qui mi hai riferito che il prete ha trovato la porta chiusa a chiave dall'interno; me lo puoi confermare?"

"Si certo, è così! Sia la porta della biblioteca che quella della chiesa."

"E chi l'ha aperta?"

"È stato George Davies, il fabbro…" rispose l'agente, che stava pian piano riacquistando colore "…siamo andati a chiamarlo insieme al diacono, che era venuto in commissariato per avvisarmi che questa mattina Vernon Doyle non aveva aperto la chiesa."

"Il fabbro è ancora qui?"

"No, è tornato a casa subito dopo aver fatto saltare i cardini."

"Non è entrato per controllare?"

"Appena ha sbloccato la porta ha salutato ed è andato via di fretta. Vuole che vada a verificare se è in casa e lo faccio venire qui?"

"Non c'è bisogno. Andiamo a cercarlo insieme".

Dorian Bayley avvolse il frammento d'oro in un fazzoletto, lo mise in tasca e si rivolse al secondo poliziotto.

"Tu continua a tenere tutti fuori e a controllare se ci sono altri indizi, ma prima ispeziona con cura la biblioteca. Se siamo fortunati dovresti trovare un calice o un bicchiere. Poi torna qui, raccogli il crocefisso e..." lo sguardo si posò al centro della navata, circa due passi oltre il corpo della vittima in direzione dell'altare "...quei residui di terra che vedi là".

Fuori dalla chiesa, l'ispettore e Jacob trovarono il prete ad attenderli; il suo volto era il perfetto ritratto dell'ansia.

"Padre... se ha la pazienza di attendermi sarò di ritorno tra un'ora" disse Dorian Bayley.

"Potrei entrare in sagrestia?" chiese a bassa voce.

"Al momento, purtroppo, la chiesa è posta sotto sequestro per i rilievi del caso. A breve faremo rimuovere il corpo, dopodiché potrà nuovamente accedervi".

Il prete allargò le braccia e annuì in segno di passiva approvazione.

Dorian Bayley fece cenno al poliziotto di fargli strada e si incamminarono verso il centro del paese.

Il fabbro abitava in una casa situata all'interno di un complesso di costruzioni, poco più a sud di St. Patrick Square, in fondo a una larga via che costeggiava il fiume. Era una costruzione modesta, con annesso un ripostiglio utilizzato come laboratorio. Tutto intorno girava un piccolo giardino, per accedere al quale si passava attraverso un cancelletto aperto.

Mentre Jacob Young si apprestava a bussare si udirono dei colpi di martello provenire dal laboratorio. L'ispettore si voltò e fece cenno all'assistente di seguirlo. Quando si affacciarono alla porticina in legno aperta a metà, videro di spalle l'uomo intento a battere un pezzo di ferro su un'incudine. Attesero che le martellate cessassero e, quando il fabbro si fermò per considerare il risultato parziale del suo lavoro, Jacob lo chiamò.

"Ciao Jacob!" salutò voltandosi e posando il grosso arnese su un ripiano. Seppure l'aria mattutina si manteneva gelida, lo sforzo per modellare la lastra di ferro gli aveva ricoperto di sudore la fronte, dalla quale colavano grosse gocce che si perdevano in una lunga barba scura e folta. Era corpulento e alto, dalle braccia possenti, perfetto esempio di uomo abile nel lavoro manuale, che impiega la propria forza per guadagnarsi da vivere.

"Lui è l'ispettore Dorian Bayley, di Scotland Yard; si occuperà del caso e voleva farti qualche domanda."

"Buongiorno ispettore, benvenuto a Greystone" salutò il fabbro accennando un inchino e asciugandosi il sudore con la manica della camicia.

"Buongiorno, la vedo molto impegnato, pertanto la disturberò soltanto un attimo" esordì l'ispettore prima di fare una pausa.

"Stamattina lei è stato chiamato per forzare il portone della chiesa di St. Patrick in quanto il prete..." e qui Bayley si rese conto di non ricordare il nome.

"Joseph Beathan" gli venne in soccorso Jacob.

L'ispettore ringraziò con un cenno della testa, poi proseguì: "padre Beathan dicevo, era rimasto

chiuso fuori; lei può confermarmi di averlo trovato chiuso a chiave?"

"Sì, era chiuso dall'interno; la chiave era stata lasciata nella toppa ed è caduta in terra quando l'ho forzato con una spallata" rispose sicuro di sé.

"I fatti corrispondono" intervenne Jacob "appena entrato ho visto la chiave in terra dietro la porta; l'ho raccolta e conservata in tasca".

L'ispettore tornò a guardare negli occhi George Davies.

"È entrato in chiesa dopo averla aperta?"

"No, sono subito venuto via."

L'ispettore notò che il suo interlocutore era di poche parole.

"Posso chiederle perché?"

George Davies sollevò la lastra di ferro che aveva in mano e la mostrò ai presenti.

"Devo consegnarla entro questa mattina" si limitò ad aggiungere.

"Un'ultima domanda; nei giorni scorsi ha per caso visto qualcuno aggirarsi all'esterno della chiesa in orari nei quali non si recita messa?"

Il fabbro rifletté un attimo.

"Sì, due giorni fa, al tramonto. Un uomo vestito in un modo singolare, con un lungo mantello scuro, andava avanti e indietro tra il ponte e il giardino. Si è prima avvicinato al portone principale, poi è tornato sui suoi passi e si è diretto verso la biblioteca. Ha sbirciato un paio di volte all'interno, come attendesse l'arrivo di qualcuno. Camminava con un bastone da passeggio, cosa rara da queste parti".

L'ispettore e il poliziotto si scambiarono uno sguardo.

"Lo aveva mai visto prima?"

"Era un forestiero, di questo sono sicuro, ma ero distante e non sono riuscito a vederlo in faccia. Non saprei nemmeno descriverlo. Stavo recandomi a soccorrere una donna anziana rimasta chiusa in casa con la serratura bloccata e mi premeva arrivare il prima possibile."

"Capisco, la ringrazio per le informazioni" concluse Dorian Bayley accennando un saluto prima di dirigersi verso l'uscita.

Prima di ispezionare la casa di Nevil Morgan, l'ispettore decise di tornare sul luogo del delitto per assicurarsi che il medico legale fosse stato chiamato per esaminare il cadavere prima che fosse trasportato nell'obitorio del cimitero. Ebbe tempo di parlare con il diacono e con il prete, che si limitarono a confermare quanto già sapeva. Vernon Doyle aveva trentasette anni ed era nato e cresciuto a Greystone. Non aveva mai conosciuto il padre, trasferitosi per lavoro in

Australia quando lui aveva due anni ma che, nel tempo, aveva fatto perdere le tracce fino a sparire del tutto, mentre la madre era morta di tubercolosi lasciandolo orfano a sedici anni. Di lui si era occupato padre Beathan, che lo aveva accolto in casa e fatto crescere come fosse un figlio, dandogli infine la possibilità di lavorare come bibliotecario. In paese era benvoluto e non aveva nemici; un'esistenza segnata dal dolore della perdita ma simile a quella di tante altre. Non possedeva ricchezze di alcun genere eppure qualcuno lo aveva brutalmente assassinato, architettando un omicidio all'apparenza perfetto e, sotto alcuni aspetti inspiegabile. Sulla scena del delitto non c'erano tracce evidenti di presenze estranee; le due porte erano chiuse dall'interno e il movente non poteva essere di natura economica. Cosa ancora più strana, pensò l'ispettore, l'assassino non aveva abbandonato l'arma del delitto ma aveva scelto di portarla con sé, correndo il lieve rischio di fasi notare durante la fuga. L'unico motivo, concluse, era che l'arma stessa potesse essere riconoscibile e, dunque, ricondurre al proprietario.

Gli appunti dell'ispettore Morgan avrebbero potuto fornirgli indizi supplementari, dandogli la possibilità di concentrare l'attenzione su una possibile pista. Decise di cercarli prima nel suo ufficio e successivamente nella sua abitazione. Seguì l'agente fino al commissariato, che si trovava nei pressi della stazione ferroviaria, poco più a est. Era un edificio costruito, in origine, per un uso differente; l'androne era in realtà un piccolo spazio tondeggiante ricavato dopo aver eliminato due muri laterali, di cui erano ancora visibili le tracce sul pavimento. Un breve corridoio conduceva in una stanza centrale, dove c'era una lavagna, una scrivania, una stufa a legna e nessuna finestra; la porta di ingresso era stata scardinata e subito a destra, un gancio sorreggeva un secchio rosso colmo d'acqua, con accanto una targa su cui c'era scritto *"sistema anti incendio."* Due porte laterali, con vetri smerigliati nella parte superiore, portavano a due uffici privati. Quello di sinistra, come si evinceva dal nome stampato sul vetro, apparteneva all'ispettore Morgan.

Dorian Bayley aprì la porta di quello che sarebbe stato il suo ufficio; l'ambiente era piccolo ma piuttosto accogliente. Accanto alla finestra, che dava sul retro, c'era una scrivania spoglia con poggiata solo una lampada a olio; vicino a un appendiabiti due sedie sostenevano pile di cartelle accatastate, mentre sui muri diversi ripiani in legno erano colmi di documenti classificati e libri di vario genere. Nell'angolo vicino la scrivania, a

destra, una stufa a legna sembrava inutilizzata da tempo, anche se al lato era presente una pila di ceppi di legno che formavano una piccola piramide. Il commissario attese che il secondo poliziotto, di cui ignorava ancora il nome, facesse ritorno consegnandogli il rapporto preliminare del medico. Dopo essere rimasto immobile al centro della stanza per prendere confidenza con il nuovo ambiente, si sedette cercando una posizione comoda, mise in ordine gli appunti trascrivendoli su un foglio, che infilò in una cartellina nuova su cui scrisse la data e il nome dell'ispettore scomparso. Terminata l'operazione, si alzò e aprì la finestra, prese dalla tasca della giacca un portasigari in metallo; scelse un sigaro a caso e lo accese contemplando in silenzio il panorama del bosco innevato.

Due ore dopo bussarono alla porta; Jacob rimase sul ciglio informandolo che l'agente Gordon Craig era tornato dall'obitorio e aveva con sé il rapporto del medico.

L'ispettore fece cenno di farlo passare.

"Questo è per lei…" disse Gordon posando la cartellina sul tavolo.

"Mi ricordi il tuo nome?"

"Gordon Craig, signore, in servizio a Greystone dal 18 settembre del…"

"Mi è sufficiente il nome, grazie" lo interruppe l'ispettore, accennando un sorriso mentre dava un'occhiata al rapporto.

"Dottor Henry Burlow…" sussurrò tra sé.

"È il medico del paese, Signore…" suggerì Gordon "…ma collabora con la polizia da molti anni. Si tratta di una persona competente e molto professionale."

"Non ho dubbi a riguardo, domani lo incontrerò di persona, prima però voglio dare un'occhiata all'ufficio e all'abitazione dell'ispettore Morgan. Quanti alberghi o locande ci sono in paese oltre a quella dove alloggio?"

"Una soltanto, Signore; *La locanda del conte*, si trova a destra lungo Main street, subito dopo l'antico abbeveratoio per animali."

"Per cominciare recati lì e chiedi se ci sono forestieri che hanno affittato una camera nelle ultime due settimane. Inoltre smetti di chiamarmi Signore, ispettore è più che sufficiente" aggiunse con tono più rilassato.

"Va bene ispettore" ribatté Gordon prima di uscire dall'ufficio.

Terminato il sigaro, ispezionò con minuzia l'ufficio del collega. Sulla scrivania teneva alcune cartelline, divise tra quelle contenenti casi chiusi e quelle con casi irrisolti e ancora aperti. Li con-

trollò a uno a uno ma, tra i tanti, mancava quello riguardante il furto del libro. Pensando che l'ispettore Morgan potesse considerarlo talmente secondario da non ritenere necessario avere un incartamento ufficiale, si mise in cerca di appunti o fogli sparsi, aprendo i cassetti della scrivania e quelli di uno scrittoio. Anche in questo caso non trovò nulla di utile.

"Sembra quasi che non stesse lavorando a questo caso" pensò mentre sistemava gli incartamenti e usciva dall'ufficio. Chiese a Jacob, il quale, però, non solo confermò che l'intero commissariato era stato messo a lavorare al ritrovamento del manoscritto, ma che l'ispettore Morgan negli ultimi giorni appariva piuttosto nervoso.

"Indicami dove si trova la sua abitazione."

"Devo informarla che troverà la porta d'ingresso chiusa a chiave."

"Di questo non preoccuparti."

Il cielo si era nel frattempo coperto e il pallido sole della mattinata era sparito dietro le nuvole grigie. Sembrava una giornata al tramonto quando erano passate da poco le tredici. Un leggero nevischio lasciava il posto a una nevicata che si faceva più copiosa, con le strade che pian piano sparivano sotto la coltre bianca. Dorian Bayley indossò un cappello di lana, alzò il bavero del cappotto e passeggiò per le vie del paese tenendo le mani nelle tasche. Aveva incaricato Jacob di recarsi a casa di Vernon Doyle per dare un'occhiata e di avvisarlo nel caso in cui avesse trovato qualcosa di interessante.

Prima di lasciare Main Street notò l'insegna della locanda sulla destra, con il piano terra adibito a pub. I vetri delle finestre erano smerigliati e colorati in maniera vivace, mentre nella porta d'ingresso era intarsiato un enorme boccale di birra piegato a quarantacinque gradi; un ottimo luogo dove carpire informazioni sulle abitudini degli abitanti. Si rilassò nel silenzio che lo circondava, lasciandosi cullare dal rumore ovattato dei passi sulla neve e del respiro condensato che gli usciva dalla bocca. Aveva già dimenticato il viaggio interminabile che lo aveva condotto in quell'angolo sperduto dell'Inghilterra e percepiva una strana sensazione di familiarità con gli ambienti che iniziava a conoscere. Se non ci fosse stato un caso da seguire, poteva davvero considerare quel soggiorno come una vacanza premio offerta dai colleghi.

Il cottage di Nevil Morgan era isolato e recintato con una bassa staccionata. Tutto intorno si alternavano paesaggi di campagna e zone boschive di alberi sempreverdi. Oltre la strada principale, l'ispettore notò un sentiero che partiva da sud e spariva all'interno di un boschetto, che si distendeva in direzione del fiume; la neve fresca aveva ormai cancellato ogni traccia. Come le altre, anche questa era un'abitazione a due piani con tetto spiovente, costruita con mattoni scuri. Dorian Bayley si posizionò davanti alla porta, estrasse un astuccio semi rigido e prese due piccoli arnesi lunghi quanto un dito di una mano e sottili come lame, iniziando a giocare con la toppa della porta. Pochi secondi dopo si sentì un click; rimise in ordine gli arnesi nell'astuccio, lo infilò in tasca ed entrò, dopo essersi assicurato che nessuno lo avesse notato. Iniziò a ispezionare il piano superiore adibito a studio, un unico ambiente dove tutto sembrava in ordine e catalogato con cura. Nevil Morgan era solito crearsi un doppione dei rapporti dei casi che seguiva; le cartelline erano classificate in ordine cronologico e contenevano, ognuna, rapporti medici, interrogatori, esiti di perquisizioni, un taccuino per appunti e considerazioni personali. Sulla copertina, invece, era riportato il nome del caso, la data di inizio e fine indagine, con la scritta *"risolto"* o *"aperto."* Li controllò uno a uno fino ad arrivare al più recente, risalente al 18 settembre e relativo a un caso di truffa, in cui un investitore di Manchester aveva tentato di acquistare dei terreni a Greystone utilizzando denaro riciclato proveniente da attività illecite. La cartellina era classificata come "*Caso risolto, 28 settembre 1884.*" Le ricontrollò aprendole a campione e leggendo il rapporto finale, ma sul furto del manoscritto sembrava che l'ispettore Morgan non avesse aperto nessuna scheda e non tenesse nemmeno un taccuino. La casa non presentava segni di furto e la porta non era stata in alcun modo forzata. Aprì i cassetti laterali della scrivania, poi passò a quello centrale che trovò chiuso a chiave; riprese l'astuccio ed estrasse un arnese ricurvo, lo infilò nella serratura ed armeggiò finché non lo sentì cedere. L'interno era vuoto; rifletté un istante prima di richiuderlo, terminò di ispezionare il piano e scese a quello inferiore ma, anche qui, le ricerche furono vane. Stava per alzarsi quando sentì un rumore provenire dalla sua sinistra; si voltò di scatto e sospettò che qualcuno, spiandolo di nascosto dalla finestra, avesse urtato senza volerlo contro il vetro; si affacciò ma non vide nulla.

"Forse è solo un animale" si lasciò scappare.

Volle comunque controllare e uscì; fece il giro e si recò a ridosso della finestra nella parte esterna della casa, dove trovò delle impronte fresche sulla neve che non lasciavano dubbi: qualcuno, dopo di lui, aveva camminato fino alla porta dell'abitazione senza entrare, poi era andato alla finestra ma, quando Bayley si era voltato attirato dal rumore, era fuggito dileguandosi nel bosco. Era inutile cercare di inseguirlo; chiunque fosse aveva accumulato almeno tre minuti di vantaggio e una volta raggiunto il paese le impronte si sarebbero confuse con altre centinaia. Ritenne però utile valutarne le fattezze e giudicò si dovesse trattare di un uomo piuttosto alto che calzava scarpe o stivali con suole antiscivolo.

Rientrato all'interno, avvertì la sensazione che qualcosa non quadrava. Era stata l'unica persona a entrare in quella casa dal giorno della sparizione di Nevil Morgan, eppure sentiva che c'era un particolare importante che gli stava sfuggendo, qualcosa che aveva davanti gli occhi ma che registrava solo con la parte meno controllabile della sua mente. Era come percepire un oggetto al buio; sapeva esserci, ne avvertiva la consistenza ma non riusciva a metterne a fuoco i contorni. Si posizionò di spalle sulla parete sud della stanza, in modo da avere una visuale completa, ne registrò la forma e la disposizione dei mobili e delle finestre, infine annotò la sua perplessità sul taccuino. Subito dopo uscì, richiuse la porta e si incamminò verso Main Street. Voleva andare in commissariato per prendere il rapporto del medico e parlare con Gordon, dopodiché tornare alla locanda e sistemare i bagagli. Contava sul fatto che il materiale accumulato e le deposizioni raccolte gli avrebbero permesso di crearsi una pista. Di solito ignorava le teorie non suffragate da prove ma avrebbe scommesso due scellini sul fatto che ci fosse un collegamento tra il furto del manoscritto e la sparizione di Nevil Morgan.

"Chiama Gordon e fallo venire da me" disse l'ispettore a Jacob mentre spariva nel suo ufficio.

"Subito ispettore".

Due minuti dopo sentì bussare e fece entrare il giovane poliziotto.

"Hai trovato quello che ti ho chiesto?"

"Sì ispettore" rispose mentre porgeva una piccola borsa contenente un piccolo oggetto.

"Dove l'hai trovata?"

"Ho passato al setaccio la stanza, dato che lei mi aveva detto cosa cercare. Era sotto uno scrittoio, il primo a sinistra rispetto la parete opposta all'ingresso".

Dorian Bayley prese il rapporto del medico e l'oggetto, scrisse un appunto e rivolgendosi a Gordon, si lasciò sfuggire un: "Ottimo lavoro."

Accortosi che l'agente rimaneva immobile davanti la scrivania, lo congedò:

"Ci vediamo domani e mi raccomando con quelle informazioni sugli ospiti delle locande."

"Sarà fatto oggi stesso".

28 Ottobre 1750

Un tiepido vento si insinuava tra i rami delle alte querce, che perdevano la loro quiete emettendo sibili sinistri. Di tanto in tanto lo sceriffo Harvey si fermava a osservare i tronchi nodosi di quelle più antiche, tracciando con un dito i contorni di alcuni segni incisi, per poi riprendere il cammino lungo un sentiero ricoperto da un fitto strato di foglie secche. Il sole faticava a penetrare la fitta vegetazione, lasciando il bosco in una cappa di penombra perenne, che aveva permesso a un intricato sottobosco di creare un manto quasi uniforme. Gli abitanti del villaggio lo evitavano perché convinti fosse un luogo infestato da spiriti inquieti, che urlavano il loro furore attraverso gli ululati dei lupi e gli strani versi degli animali notturni.

Superato un ponte di legno che tagliava un ruscello, lo sceriffo proseguì mantenendosi nelle vicinanze della riva, per poi lasciarla e sparire all'interno di un sentiero che squarciava la folta vegetazione e si addentrava fin dentro le sue viscere. Alcune rampicanti scendevano da una parete scoscesa di roccia come spessi filamenti attorcigliati, in un punto in cui il sottobosco lascia-

va il posto a un terriccio umido e nero fino al suo limitare estremo, dove gli alberi si ergevano come guardie secolari di quei luoghi silenziosi. Superata la radura accelerò il passo facendosi strada con un bastone; voleva giungere a destinazione prima del calar della sera. Quando in lontananza vide una colonnina di fumo sollevarsi verso il cielo, indossò il cappuccio e si avvicinò con circospezione, superò i resti di una staccionata ormai collassata, arrestandosi poco prima di una vecchia baracca adibita a fienile. Alcuni maiali erano rinchiusi in un porcile adiacente, intenti a grugnire e affondare i musi neri nel fango; poco più avanti un gatto dal pelo rosso se ne stava accucciato sui bordi di un pozzo ricavato nella roccia.

"Madame Althea" chiamò mantenendo basso il tono della voce.

Intorno sembrava non esserci anima viva anche se una colonnina di fumo grigio fuoriusciva dal comignolo.

"Madame Althea…" ripeté facendo alcuni passi verso la porta e bussando con discrezione. Dal retro dell'abitazione udì un ticchettio rapido avvicinarsi; scese i gradini del porticato e vide un grosso cane che si era fermato a pochi passi da lui, ringhiando in maniera minacciosa. Quando era sul punto di attaccare cambiò del tutto espressione e si mise a cuccia; la donna si inginocchiò per dargli una carezza veloce.

"Seguimi!" disse passandogli accanto senza fermarsi a guardarlo.

Aveva lunghi capelli bianchi disordinati, che contornavano un viso enigmatico segnato dal tempo e dalle fatiche. Camminava ricurva ma con fare energico e vestiva abiti logori che terminavano svolazzanti intorno alle caviglie.

Entrati in casa accese una candela e la mise al centro del tavolo, poi ravvivò il fuoco nel camino e sistemò un fascio di erbe che pendeva da una parete.

Lo sceriffo Harvey tolse il cappuccio e rimase in piedi sul ciglio della porta rimasta aperta.

"Ho scritto una lettera che ho già fatto recapitare".

Madame Althea si voltò e, per la prima volta, i suoi occhi scuri ed espressivi fissarono quelli dello sceriffo.

"Gli animali sono irrequieti, le fronde degli alberi percosse da un vento che proviene da mondi oscuri. Presto potenti forze malvagie lasceranno gli inferi per mescolarsi tra gli uomini".

Un mulinello sollevò un mucchio di foglie e il cane prese a giocarci cercando di afferrarle. Lo sceriffo rimaneva silenzioso a osservare Madame

Althea che, nel frattempo, aveva ripreso le sue faccende come nulla fosse.

"La cinquantesima notte di Samhain è prossima e la bestia deve essere imprigionata e fatta precipitare nell'oscurità".

Lo sceriffo si spostò per farla uscire e la donna tornò dai suoi animali ignorando la sua presenza; lui la seguì fino al limite del porcile.

"L'attenderemo nel posto che lei sa" disse prima di rialzare il cappuccio della lunga veste che indossava.

"C'è odore di morte" sussurrò in maniera criptica Madame Althea, mentre spariva sul retro della casa seguita dal grosso cane.

22 Ottobre 1884 - Mercoledì

L'aria frizzante del mattino entrava dalla finestra dell'ufficio facendo ondeggiare le tende. Dorian Bayley si era alzato di buon'ora e aveva passeggiato per le vie del paese subito dopo aver fatto colazione. Era un esercizio utile per rimettere in ordine le idee, sfruttando il silenzio che ancora avvolgeva il villaggio.

Seduto dietro la scrivania, lasciava la mente libera di vagare in cerca di un'intuizione in grado di aiutarlo a sbrogliare le matasse che il caso gli aveva messo di fronte. Amava mischiare il retrogusto amarognolo del sigaro con quello dolce del tè, un rito a cui non si sottraeva mai e che anticipava ogni sua giornata lavorativa.

"Ho lasciato Londra da appena due giorni e già mi manca il tè di Emily" pensò con una smorfia mandandone giù un sorso.

Dopo aver dato un'ultima profonda tirata di sigaro, trattenne in bocca il fumo e lo espirò senza fretta, guardando il bosco fuori la finestra; mentre la richiudeva sentì bussare.

"Avanti!"

"Ispettore, il dottor Burlow è arrivato e chiede di parlare con lei" annunciò Gordon.

"Fallo passare e quando lo vedi andar via, torna da me".

Henry Burlow era un uomo distinto sulla sessantina, anche se la calvizie e la barba bianca lo facevano apparire più avanti con l'età. Vestiva con gusto e il suo portamento tradiva un fare meticoloso e calcolato. Sopra la giacca indossava una corta mantellina nera. Prima di accomodarsi tolse il cilindro, aprì la borsa e ne tirò fuori dei documenti che porse all'ispettore, poi ne prese degli altri e inforcò un paio di occhiali.

"La ringrazio di essersi presentato così presto, dottor Burlow" esordì Dorian Bayley mentre iniziava a sfogliare i documenti.

"Considerato lo stato in cui versa la vittima ho ritenuto opportuno darle ragguagli il prima possibile. Non c'è dubbio sul fatto che questo omicidio presenti caratteristiche particolari e che il caso meriti la massima accortezza. Mi permetta di aggiungere che sono rimasto sconvolto dalla morte di Vernon Doyle; lo conoscevo poco ma in paese tutti ne parlavano bene".

Quando si occupava di un'indagine, Dorian Bayley amava circoscrivere le conversazioni all'essenziale, evitando ogni divagazione che potesse allontanarlo dalle questioni nodali.

"Dal suo rapporto preliminare leggo che la

vittima è morta dissanguata a causa di ferite da arma da taglio e che quella principale è stata inferta alla carotide."

"Esatto; la morte è avvenuta nel giro di qualche decina di secondi. Qualcuno lo ha colpito con estrema ferocia alla gola, squarciandogliela fin quasi a decapitarlo. Poi ha inferto altri due tagli all'altezza dell'addome, azione che ha provocato la fuoriuscita delle viscere."

"Secondo lei è questa la sequenza cronologica dei colpi?"

"Credo di poterle rispondere con quasi assoluta certezza. Il primo colpo è stato inferto al collo, poco sotto la mandibola, e si è rivelato il fendente mortale. Dall'angolazione e dalla lacerazione dei tessuti ho potuto ricostruire la traiettoria dell'arma, che va da destra a sinistra. L'assassino ha mostrato una forza fisica fuori dal comune, dato che è riuscito a usare il coltello di taglio tenendo il polso dritto e il braccio a novanta gradi rispetto al corpo."

'*Un destrorso*' pensò l'ispettore. '*A meno che...*' gli suggerì la sua mente, lasciando tuttavia il pensiero in sospeso.

Dorian Bayley riprese a leggere il rapporto, poi sollevò lo sguardo:

"Cosa può dirmi delle altre ferite?"

"Stessa angolazione dei colpi ma sferrati con minore energia; sufficienti, tuttavia, ad aprirgli l'addome e arrivare a intaccare gli organi interni" rispose senza tradire la minima emozione.

"Ha studiato le ferite sul palmo della mano destra?"

"Certamente! Sono tagli poco profondi, prodotti forse da un coltellino o un piccolo oggetto acuminato, ma di certo non dall'arma del delitto."

"Come fa a esserne certo?"

"La larghezza dei tagli è minima, mentre la lama usata per uccidere avrà avuto uno spessore di almeno mezzo pollice."

"Un grosso coltello da caccia?"

"Possibile."

"A che ora può risalire la morte?"

"Ho visitato il corpo intorno alle undici; considerando la temperatura in chiesa e la rigidità muscolare del cadavere, direi che la morte è sopraggiunta tra le tre e le cinque del mattino".

La preparazione medico-scientifica che dimostrava il dottor Burlow e il modo in cui riusciva a spiegarla con naturale semplicità, ne dimostrava la profonda acutezza. Dopo aver letto un rapporto medico, Dorian Bayley era solito studiare il corpo di una vittima in prima persona per accertarsi che il lavoro svolto fosse stato meticoloso;

pensò che in quella circostanza non ce ne sarebbe stato bisogno.

"Leggo dalle sue note personali che lei è specializzato anche in psicologia criminale. Allora, dottor Burlow, le chiedo solo in confidenza: quale mente criminale può arrivare a infierire in modo tanto brutale su un corpo dopo che la vittima è già morta?"

"Immagino si riferisca alle due ferite inferte sull'addome. Direi che si tratta di uomo con una mente deviata, quello che in medicina criminale si definisce uno psicopatico, sprovvisto di ogni freno inibitore e in grado di negare qualsiasi valore alla vita altrui. Senza dubbio ci troviamo di fronte a un individuo di sesso maschile, vigoroso, con croniche disfunzioni sessuali, probabilmente traviato dalla brama di raggiungere una missione che conosce soltanto lui."

"Perché parla di missione?"

"In passato ho studiato diversi casi di individui insani di mente responsabili di omicidio. Alcune volte non vi era movente apparente e, subito dopo, l'omicida tendeva a chiudersi in sé stesso in una sorta di stato post traumatico vegetativo, divenendo soggetto non più pericoloso per la collettività. Altre volte, invece, il movente era da ricercare in qualche forma di convinzione mistica, una sorta di disegno superiore in cui voci interiori provenienti da chissà dove gli ordinavano di eliminare vittime considerate per qualche ragione impure o blasfeme. Ho classificato questi casi tra i più pericolosi perché i soggetti in questione considerano il primo omicidio come l'avvio di un percorso iniziatico che, per essere portato a termine, ne prevede diversi altri."

"Parla di una setta religiosa?"

Il dottor Burlow fissò l'ispettore mentre sfilava gli occhiali.

"Può essere una setta come un gruppo anarchico, o ancora un esercito rivoluzionario. Nella vita, ispettore, ci sono e ci saranno sempre leader e seguaci. È sufficiente convincere un seguace che si sta inseguendo un fine superiore e saranno poche le cose che non farà per raggiungerlo."

"Ha mai sentito parlare di sette religiose operanti a Greystone?" chiese in maniera diretta Dorian Bayley.

Il medico sembrò attendersi quella domanda.

"In questo villaggio convivono due mentalità; la superstizione e le credenze magico religiose si affiancano alla concretezza della vita quotidiana, dimostrando la vitalità tipica di un luogo che risiede isolato, distante dalle grandi città. A Greystone sopravvivono tradizioni secolari e gli abitanti mantengono un rapporto con la natura che ha poco a che fare con le leggi della scienza. Se vorrà risolvere il caso non potrà ignorare il fenomeno."

"Grazie per la disponibilità, dottor Burlow, è stato molto esauriente" concluse l'ispettore dopo aver riflettuto qualche istante.

"Dovere" rispose laconico il medico mentre indossava la mantellina e si dirigeva verso la porta con il cilindro in mano. Prima di uscire tuttavia, si voltò verso l'ispettore:

"Quasi dimenticavo; padre Beathan mi ha chiesto quando il corpo potrà essere dissequestrato. Vorrebbe celebrare il funerale nella giornata di domani."

"Se per lei va bene, faccia procedere senz'altro."

Dopo nemmeno due minuti comparve Gordon Craig.

"Hai quelle informazioni che ti ho chiesto ieri?"

Il giovane agente aprì il suo blocchetto ma parlò dandogli soltanto una piccola sbirciata ogni tanto.

"Per quanto riguarda la *Locanda del Conte*, negli ultimi quindici giorni hanno soggiornato due soli ospiti: un agente assicurativo di Londra, Anthony White, che ha lasciato Greystone

la mattina del 21 ottobre. L'uomo era in paese per una questione legata alla compravendita di alcuni terreni contesi da due famiglie. Nei giorni di permanenza è stato ospite nella tenuta all'interno del maneggio di Peter Penninghton, con cui è uscito a cavallo la mattina del 20 ottobre, insieme ad altri tre suoi conoscenti. Tutti hanno confermato di aver trascorso insieme la sera e di essersi ritirati molto tardi, non prima delle quattro.

L'altro cliente è padre Graves, che trascorre brevi periodi al villaggio per lenire gli effetti di una malattia polmonare di cui ha sofferto negli ultimi anni. Ma la informo che anche il prete ha un alibi."

"Sarebbe?"

"L'età!" rispose l'agente "Padre Graves ha quasi 90 anni e solo Dio sa come faccia ancora a tenersi in piedi."

"… cosa mi dici della locanda dove alloggio?"

"Lì ho scoperto qualcosa di interessante. Si tratta di un forestiero arrivato a Greystone la mattina del 13 ottobre; ha prenotato fino al 26 ma il proprietario non lo vede più da ieri, quando è uscito per l'ultima volta intorno alle undici."

"Un'altra misteriosa sparizione?" domandò preoccupato Dorian Bayley.

"Direi di no. Il suo nome è Darrel Bennet ed

è un commerciante d'arte di Manchester. L'uomo non era mai stato visto in paese sino a quel giorno. Quando è uscito ha portato con sé tutto ciò che aveva, per cui il suo allontanamento è da considerare volontario. Ha pagato in anticipo l'intero soggiorno e se ne è andato senza lasciare messaggi e senza chiedere indietro i soldi versati in più."

"Darrel Bennet…" sussurrò Dorian Bayley a bassa voce per fissare il nome in mente. "Occorre far eseguire un controllo ai colleghi di Londra; un uomo che compare dal nulla il giorno in cui avviene il furto del libro e si dilegua il giorno dell'omicidio è a dir poco sospetto. Telegrafate tutti i dati che avete a Scotland Yard, chiedete con la massima urgenza informazioni dettagliate sul suo conto e nel frattempo chiedete in giro se qualcuno lo ha visto nei pub, per le vie principali ma soprattutto interrogate i dipendenti della stazione ferroviaria".

23 Ottobre 1884 - Giovedì

Mentre attraversava il Ducks Bridge, Dorian Bayley era intento a rovistare nei propri pensieri nel vano tentativo di dar corpo alla strana sensazione avvertita il giorno precedente nella casa di Nevil Morgan. I successivi accadimenti avevano fatto passare in secondo piano quel senso di disorientamento che ora meritava di essere analizzato con attenzione, sfruttando la complicità dell'aria fresca che la mattina Greystone elargiva con generosità. Attraversato il ponte proseguì verso la strada che conduceva a St. Patrick Square, il luogo del ritrovamento del cadavere di Vernon Doyle. Aggirò la chiesa e proseguì per un tratto, fin quando si trovò di fronte la proprietà del giudice Frank Owen, circondata, per tutta la lunghezza del suo perimetro, da una rete di recinzione in legno e da alti alberi a fusto largo. Rimase a bocca aperta a osservarne le dimensioni; non si riusciva a scorgerne l'intero perimetro tanto era vasta. L'interno della tenuta includeva una villa enorme a due piani, un elegante giardino, una piccola costruzione adibita a dependance e, quel che più lo colpì, una distesa boschiva che si perdeva in larghezza e in profondità, donando al contesto una quiete pittoresca.

Il cancello in ferro battuto che si apriva nel giardino era chiuso ma, non appena l'ispettore fece tintinnare il campanello che penzolava dal montante superiore, una giovane donna gli si fece incontro uscendo dalla porta principale.

"Lei deve essere l'ispettore Dorian Bayley: ieri sera l'agente Young è passato ad annunciare la sua visita. Io mi chiamo Margaret e sono la governante del giudice" esordì con un sorriso gentile mentre con uno strattone tirava verso di sé la parte mobile del cancello.

L'ispettore chinò la testa in segno di saluto.

"Lieto di conoscerti Margaret; il giudice Owen può ricevermi?"

"Prego ispettore, mi segua, le faccio strada".

Dorian Bayley fu fatto accomodare in una enorme stanza che fungeva sia da atrio che da zona di ricevimento e attese seduto accanto a un grosso e robusto tavolo in legno di faggio. Un camino imponente era stato acceso da poco e il calore che emanava iniziava a scaldare l'ambiente. L'ispettore si guardava intorno con fare interessato. Il giudice era stato l'ultima persona a vedere Nevil Morgan prima che sparisse nel nulla e poteva rappresentare, nel migliore dei casi, un testimone di assoluta affidabilità. Sulle pareti facevano buona mostra una serie di dipinti raffiguranti uomini del passato con toga e copricapo che, era lecito credere, rappresentavano la discendenza dalla quale proveniva.

Una voce potente lo fece sobbalzare.

"Finalmente ho l'onore di fare la sua conoscenza, ispettore Bayley" annunciò Frank Owen con un timbro da tenore, la cui impetuosità aveva un'apparenza artificiale.

"Sono io a essere onorato, giudice Owen, e mi scuso se sono stato così mattiniero nel farle visita, ma alle nove si celebrerà il funerale di Vernon Doyle e immagino che saremo tutti presenti alla cerimonia."

"Le prime ore del mattinato sono perfette per conversare ispettore, anche perché sospetto che lei abbia le sue urgenze e io i miei doveri".

Detto ciò fece qualche passo e tirò un nastro rosso che scendeva da un sostegno appeso accanto a una finestra; pochi istanti dopo apparve la cameriera.

"Posso esserle d'aiuto, signor giudice?" chiese la donna.

"Margaret ti prego, servi due tazze da tè caldo insieme a un vassoio di biscotti, poi preparami l'abito per il funerale; che sia presentabile stavolta!"

"Subito signore" rispose Margaret prima di uscire dalla sala.

"Mi dica, come le sembra il nostro bel paese ispettore?"

"Sembra pervaso da un'aurea fascinosa; le case in pietra, il bosco circostante, il ruscello con il ponte antico, le colline che si vedono dalla finestra del mio alloggio... è come un paesaggio fiabesco."

"E le assicuro che lo è! Anche se, come lei ben sa, in questi giorni stanno avvenendo strani accadimenti".

Margaret tornò nella sala con un vassoio sul quale aveva sistemato in maniera elegante alcuni biscotti al burro fatti in casa, una zuccheriera in coccio, una teiera fumante e due tazze da tè.

"No, Margaret!" la riprese stizzito il giudice. "Non sono queste le tazze che utilizziamo con gli ospiti importanti".

Dorian Bayley non ebbe il tempo di dire nulla che Margaret le stava già portando via per sostituirle; nel giro di pochi istanti si riaffacciò con in mano quelle 'per gli ospiti importanti', realizzate in argento, con il manico largo e con un rilievo raffigurante uno stemma, legato al quale l'ispettore non riconobbe alcun significato.

"Ora, davanti a una buona colazione, la prego di chiedermi tutto ciò che le può essere utile per venire a capo degli assurdi episodi che si stanno verificando in paese e che hanno scosso non poco gli abitanti."

"Dal rapporto che ho letto lei è stato l'ultima persona a vedere Nevil Morgan la mattina del 18 ottobre..." disse l'ispettore lasciando cadere le parole.

"Posso confermarglielo; è passato a trovarmi intorno alle 8 e si è intrattenuto circa venti minuti. Siamo amici e spesso conversiamo di argomenti che nulla hanno a che vedere con il nostro lavoro."

"E le ha detto dove sarebbe andato una volta uscito da qui?"

"No, ma credo stesse andando in ufficio. Prima di sparire stava indagando sul furto di un antico manoscritto avvenuto nell'abitazione di Adam Ford, il custode del cimitero".

Il giudice fece una pausa, bevve un sorso di tè e poi riprese.

"Sa, ispettore, da queste parti un furto non avviene tutti i giorni. Anche quello che a lei può sembrare un piccolo reato per il quale non vale la pena dannarsi l'anima, qui merita una profonda attenzione, ed è su questa linea che si stava muovendo Nevil Morgan."

"Che lei sappia, era un libro di valore?"

"Non saprei; l'ispettore mi aveva messo al corrente che si trattava di un manoscritto esoterico contenente formule magiche, usate in antichità per ottenere i favori di una qualche forza sovrannaturale. Non ha aggiunto molto altro e la cosa non mi ha sorpreso. Nevil Morgan è un uomo ligio nella sua professione e non è sua abitudine spifferare per il paese questioni riguardanti le indagini in corso, anche fosse il semplice furto di un sigaro. Per quanto mi riguarda aveva promesso di darmi ogni ragguaglio a indagine conclusa."

"Prima della sua sparizione Nevil Morgan le è sembrato strano, nervoso? Temeva qualcosa o qualcuno?"

Il giudice Owen mise in bocca un biscotto e lo masticò assaporandone il gusto dolce. Lo accompagnò con un altro sorso di tè e riprese a parlare poggiando due dita sotto il mento.

"Non ho notato alcunché, il suo comportamento mi è sembrato quello di sempre. Non ha mostrato nulla di tutto ciò o perlomeno niente che lasciasse intravedere una qualche forma di preoccupazione".

Frank Owen tirò fuori dal taschino del panciotto un orologio d'argento per controllare l'ora. L'ispettore comprese che il giudice era impaziente di iniziare i preparativi per il funerale.

"Soltanto altre due domande."

Frank Owen annuì.

"Conosceva Vernon Doyle?"

"Lo conoscevo di vista e accennavamo un saluto reciproco ogni qualvolta ci incontravamo ma, all'infuori di questo, non ho mai avuto alcun tipo di rapporto con lui. D'altronde non sono un assiduo frequentatore della chiesa, tantomeno delle locande del paese. La mia posizione esige un protocollo piuttosto rigido."

"Ha visto di recente aggirarsi qualche forestiero in paese?"

"Mi spiace non esserle d'aiuto nemmeno su questo…" allargò le braccia in segno di sconforto "…ma non ho notato alcun viso che non fosse quello di qualche abitante di Greystone."

Pensieroso, Dorian Bayley chiuse il taccuino e ringraziò il giudice, che diede ordine a Margaret di accompagnarlo al cancello.

"Ci vediamo al funerale" gli disse prima di congedarsi.

Se aveva sperato di ottenere informazioni utili da quel colloquio, Dorian Bayley era costretto a convenire di aver fatto un buco nell'acqua. Quell'uomo alto e robusto, dalla voce impetuosa e dalla pancia prominente, non gli aveva rivelato nulla che potesse aiutarlo a sbrogliare qualche matassa. Ma forse, pensò, avrebbe ancora potuto ricavare qualcosa da quella visita.

Quando Margaret aprì il cancello, Bayley fece un passo per uscire ma, subito, si voltò.

"Mi sai dire, Margaret, se è tua abitudine accompagnare ogni ospite che lascia questa casa?" chiese in tono confidenziale.

"Lo faccio sempre ispettore, per espressa volontà del padrone".

Nonostante gli abiti da lavoro, Margaret esprimeva un fascino giovanile addolcito da un modo di parlare pacato e da un tono di voce mite e gradevole, in perfetta antitesi con quello del giudice. Aveva i capelli raccolti in una cuffia di cotone bianco, da cui spuntavano boccoli di colore castano chiaro e il corpo esile nascosto da un lungo abito che scendeva alle caviglie; Dorian Bayley non riusciva ad attribuirle un'età ma riteneva difficile potesse superare i trent'anni.

"Questo vale anche per gli amici più stretti come Nevil Morgan, esatto?"

"Proprio così, l'ispettore Morgan è un assiduo frequentatore della casa ma, nonostante questo, lo accompagno sempre personalmente all'uscita."

"Mi sai dire se l'ultimo giorno in cui ha lasciato questa abitazione si stava dirigendo verso il suo ufficio?"

"Non abbiamo parlato affatto ma… pensandoci bene…" un raggio di sole le illuminò il sorriso "…aveva la borsa con sé."

"Dunque?" domandò Bayley incuriosito.

"L'ispettore Morgan è un uomo molto metodico; porta con sé la sua documentazione solo quando deve svolgere delle indagini. Sono certa che non si stava dirigendo in ufficio".

Quando il cancello della villa si richiuse, si soffermò a ultimare i suoi appunti. In fondo alla pagina, in pessima grafia, scrisse:

'Il giudice Owen non sembra sconvolto per la sparizione del suo amico / reticente, forse mente / nasconde qualcosa'.

Prima di sciogliere la celebrazione funeraria e dare il via alla sepoltura, padre Beathan volle onorare il defunto con un discorso che aveva appuntato per l'occasione su alcuni fogli rilegati e poggiati sullo scrittoio.

"Ogni accadimento, anche il più terribile, nasconde un progetto divino, talmente immenso e articolato da essere, per noi umili mortali, incomprensibile. Il sollievo di un fine ultimo, sublime e giusto, non può e non deve mitigare quel sentimento di compassione e quella sensazione di lacerante dolore che una intera comunità, qui riunita, prova nei confronti della vittima di una simile brutalità."

Mentre con la mano destra indicava i numerosi compaesani presenti, elargendo benedizioni, con l'altra voltò pagina e proseguì.

"Un uomo che ha servito per decenni la sua chiesa con onestà, dedizione e immenso amore. Un uomo che ha scelto di essere solo, come sole, nella storia, sono state le creature più vicine a Dio. Vernon Doyle è stato il simbolo di quella persona umile, disponibile, devota, che noi tutti aspiriamo a essere. Un esempio di virtù celata in un carattere solitario, introverso, ma capace di slanci generosi e di un'abnegazione così pura da ritenersi la virtù più prossima a Dio".

Anche il vento sembrò placarsi per ascoltare l'orazione del prete. Le parole furono pronunciate in un silenzio solenne, quasi irreale e ogni pensiero giunse diritto nelle coscienze dei presenti proprio come qualsiasi discorso che padre Beathan proferiva col cuore, capace, com'era, di attirare l'attenzione e far ridestare sentimenti sopiti nel profondo dell'anima.

Durante la celebrazione Dorian Bayley non aveva fatto altro che guardarsi intorno con di-

screzione, cercando sguardi, segni di nervosismo, interazioni fra i partecipanti e qualsiasi altro comportamento potesse rivelargli i segni di possibili rapporti fra gli abitanti, e fra loro e il defunto Vernon Doyle. Ogni tanto, fingendo di doversi sgranchire le gambe, camminava lungo lo spazio dove erano assiepati i partecipanti, osservando i loro volti e le loro movenze. Aveva riconosciuto il fabbro George Davies con la sua vistosa barba e il giudice Owen, con il quale si era scambiato un cenno di saluto. C'erano entrambi gli agenti suoi collaboratori, Jacob Young e Gordon Craig, ai quali aveva dato il compito di tenere gli occhi aperti se avessero notato qualsiasi stranezza. Un terzo agente in servizio a Greystone era stato costretto a lasciare il paese per andare a trovare la madre malata, dopo che una missiva proveniente da Nottingham lo aveva informato del peggioramento delle sue condizioni di salute. Prima che padre Beathan pronunciasse il discorso finale, Dorian Bayley si era avvicinato a Gordon, il quale gli aveva indicato una coppia che seguiva il funerale insieme a un ragazzo sulla ventina.

"Quello è Adam Ford, il guardiano del cimitero, insieme a sua moglie Olivia e suo figlio Martin, appena rientrato da Liverpool, dove vive e lavora. È lui ad aver denunciato il furto del libro" disse all'ispettore mentre questo avvicinava l'orecchio alla sua bocca per ascoltare meglio.

"Andrò a parlare con lui dopo la funzione, vai ad avvisarlo e chiedigli di aspettarmi in casa. E quell'uomo vicino al giudice Owen?" chiese guardando da un'altra parte.

L'agente lanciò un'occhiata furtiva con la scusa di sistemarsi l'elmetto.

"Il sindaco Montgomery Chapman. Un uomo onesto, di poche parole".

Quando la celebrazione ebbe fine, i presenti si recarono verso il cancello del cimitero per guadagnarne l'uscita e l'ispettore Bayley si trovò nel mezzo di una piccola folla. A pochi passi scorse un'altra volta George Davies che, nel frattempo, si era avvicinato a un conoscente.

"Dopo cena mi trovi al Golden Pub" disse sottovoce all'uomo.

Dorian Bayley fissò in memoria quanto appena ascoltato, intenzionato a sfruttare l'occasione per interrogarlo di nuovo.

L'uccisione di Vernon Doyle aveva scoperto dei nervi sensibili all'interno della comunità. Sui volti dei presenti al funerale, Dorian Bayley aveva letto sentimenti di tristezza e una commozione sincera. Nell'aria, però, aleggiava anche qualcos'altro, ma l'ispettore riuscì a dargli un nome solo una volta imboccato il vialetto che portava all'abitazione di Adam Ford: si trattava di paura. L'aveva incrociata negli occhi di molti durante l'orazione funebre, negli sguardi disorientati delle donne che assistevano in silenzio e nelle espressioni dei coniugi Ford, del loro figlio e persino degli agenti che collaboravano alle indagini.

Comprendeva con chiarezza che, in una comunità piccola e all'apparenza unita, l'accadimento di delitti efferati e di sparizioni immotivate, rappresentavano traumi inaspettati e che ci sarebbe voluto del tempo per dimenticare, guardare oltre e sentirsi nuovamente al sicuro. Era evidente che la cattura dei colpevoli avrebbe rasserenato gli abitanti di Greystone, donando loro la possibilità di accelerare il processo di rimozione e tornare alla vita di sempre.

Il sole che illuminava il cielo di un azzurro splendente era una gradita sorpresa, che Dorian Bayley accolse con piacere. Pensò che fosse giunto il momento di far luce su alcuni elementi riguardanti l'inizio dell'intera faccenda, partendo dall'abitazione dei Ford, dove tutto aveva avuto inizio con il furto del libro. Più il tempo passava, più si faceva indissolubile la convinzione che tutti gli accadimenti che si erano susseguiti fossero legati tra di loro. In cuor suo temeva che a quella catena di mistero e violenza si sarebbe aggiunto presto un nuovo anello.

Espirò dalla bocca l'ultima nuvola di fumo, spense il sigaro e lo infilò dentro un contenitore in latta, che fece scivolare nella tasca sinistra. In quella opposta cercò il taccuino, ma si trovò fra le dita un foglietto di carta piegato in quattro parti. Lo tirò fuori e vide che la calligrafia gli era sconosciuta. Dispiegò il bigliettino e lo lesse. Si trattava di una piccola lista di nomi contrassegnata da numeri romani:

I – Invocazione
II – Apparizione
III – Imprigionamento
IV – Cacciata negli inferi

Non vi era scritto altro e non vi era apposta alcuna firma.

'All'uscita del cimitero, approfittando dell'assembramento, qualcuno deve avermelo infilato in tasca di soppiatto' pensò incuriosito.

Fece mente locale per ricordare un volto o una figura aggirarsi con fare sospetto nell'attimo in cui la piccola folla si era trovata al cancello d'uscita, ma invano. Tanto valeva concentrarsi su cosa stavano cercando di comunicargli e perché; solo allora, forse, sarebbe risalito anche all'identità dell'autore.

Decise per il momento di non pensarci; dopo pochi passi si trovò di fronte la casa di Adam Ford. Bussò e tese l'orecchio verso l'interno, ma non udì nulla. Gordon Craig, durante la sepoltura di Doyle, era andato ad avvisare Adam Ford di farsi trovare a casa nel giro di un'ora e lui aveva risposto che non ci sarebbero stati problemi. Bussò con più vigore ma anche stavolta non ottenne risposta. Fece il giro della casa, una costruzione piuttosto modesta circondata da un piccolo giardino pieno di oggetti da lavoro gettati alla rinfusa e di erbacce che crescevano selvagge senza che nessuno si dedicasse alla loro potatura. Sbirciò dalle finestre ma, all'interno, non intravide nessuno. Spalancò una finestra lasciata socchiusa sul retro, rendendosi conto che il sistema di chiusura era guasto e, da lì, iniziò a sentire delle voci attufate provenienti dal piano superiore, dove sembrava ci fosse qualcuno che stava discutendo in modo concitato. Erano voci maschili intervallate, di tanto in tanto, da quella di una donna che pareva intenzionata a smorzare i toni della discussione. Dal piano inferiore riusciva a distinguere soltanto qualche singolo spezzone, come "non è il caso…silenzio…non potevo". Poi udì distintamente il rumore di una porta aprirsi; le voci si fecero più chiare ma la discussione aveva ormai avuto fine. Per non farsi scoprire si recò nuovamente alla porta di ingresso e bussò come fosse appena arrivato. Qualche secondo dopo Adam Ford aprì e lo fece accomodare. Era un uomo basso e magro, con un'incipiente calvizie, la barba incolta, gli occhi scuri incavati nelle orbite e i capelli corvino che gli conferivano un'apparenza tetra. Seduti intorno al tavolo c'erano il figlio Martin e la moglie che, nel venire presentati, si alzarono e accennarono un inchino.

"Lei ha dei sospetti su chi potesse essere interessato a introdursi in casa sua e rubare quel libro senza toccare nient'altro?" chiese Dorian Bayley.

"No!" rispose secco Adam Ford. "Non sospetto di nessuno! Chiunque poteva entrare e rubare qualsiasi altra cosa. Sul retro della casa una delle finestre ha perso il sostegno e si può aprire con una semplice spinta. Sono giorni che aspetto George Davies per ripararla".

Adam Ford tentava di simulare un atteggiamento rilassato ma, dallo sguardo, tradiva un fare nervoso e si muoveva a scatti.

"Perché rubare un libro senza valore?" insistet-

te Dorian Bayley.

"Non dovrebbe chiederlo a me, ispettore; in paese ci sono molti appassionati di esoterismo e magia. Magari era un collezionista, un amatore o che so io, qualcuno che credeva erroneamente di poterci guadagnare qualcosa".

Dorian Bayley dubitava di quello che Adam Ford gli stava raccontando. Cercò gli occhi del figlio Martin. L'ispettore sapeva che la sera del furto era fuori Greystone ma intendeva scoprire se fosse venuto a conoscenza di qualcosa dopo il suo arrivo. Tuttavia, il giovane sembrava all'oscuro della faccenda.

La moglie Olivia, invece, teneva il viso piegato in basso e le mani chiuse sulle ginocchia. Si limitava con un cenno del capo a confermare qualsiasi cosa il marito dicesse. Decise allora, senza troppi giri di parole, di andare al nocciolo della questione.

"Mr. Ford, lei dov'era tra le tre e le cinque del mattino di giovedì 21 ottobre?"

"Dormivo, come tutte le notti; non mi alzo mai prima delle sei" rispose senza scomporsi.

La moglie annuì con la testa, come fosse addestrata a confermare sempre tutto.

L'ispettore annotò la dichiarazione prima di far scivolare la conversazione su Nevil Morgan;

anche qui, però, non ottenne informazioni utili.

"È difficile credere che un ispettore esperto come Nevil Morgan sparisca a causa del furto di un manoscritto senza alcun valore. Se invece quel libro avesse un valore inestimabile e a rubarlo fosse stato Vernon Doyle e l'ispettore, prima di sparire, fosse venuto da lei, Mr. Ford e gli avesse confidato i suoi sospetti? Lei avrebbe avuto un movente valido per vendicarsi del bibliotecario col quale, provo a indovinare, aveva anche altre questioni in sospeso. Sarebbe stato subito un sospettato agli occhi di Nevil Morgan e dunque, prima ancora di uccidere Doyle…"

"Lei sta delirando!!!" urlò Adam Ford. "Questo è assurdo! Nevil Morgan era mio amico da anni e non avevo alcun motivo per fare del male a Vernon Doyle, che conoscevo a malapena."

"Si calmi, sto solo mettendo insieme i fatti" ribatté con calma l'ispettore

"Fatti? Quali fatti? Che avrei ucciso due persone per recuperare un vecchio libro?"

Dorian Bayley fissò lo sguardo di Adam Ford; in realtà sapeva che stava traendo conclusioni senza alcun indizio concreto, ma l'intuito gli suggeriva che il custode del cimitero stesse nascondendo qualcosa e che, intimorendolo, forse sarebbe riuscito a cavare qualche ragno dal buco.

"La ringrazio per la disponibilità" concluse laconico mentre chiudeva il taccuino. "Avrò bisogno di parlare con lei anche nei prossimi giorni."

"Come vuole, non ho nulla da nascondere. Mi trova qui o al cimitero".

Nella stanza calò un silenzio carico di sospetti.

Lasciando la casa, l'ispettore portò con sé la convinzione che ogni persona interrogata nascondesse un segreto. Il problema era capire se ciò che gli veniva nascosto riguardasse la sparizione di Nevil Morgan e l'uccisione di Vernon Doyle, o fossero segreti sedimentati nella storia personale e collettiva che, per diffidenza o senso di appartenenza, non venivano rivelati nemmeno davanti a fatti di gravità inaudita come quelli recentemente accaduti.

Adam Ford attese che l'ispettore si allontanasse; da una credenza chiusa con un lucchetto prese un coltello da caccia, dopodiché indossò il cappotto, il cappello e uscì di corsa. Era certo che, se non avesse fatto qualcosa, con un tipo come Dorian Bayley certi segreti non sarebbero durati a lungo.

Un cumulo di nuvole grigie iniziava a coprire

il cielo. Le giornate si erano accorciate ma, nonostante questo, nelle prime ore del pomeriggio, subito dopo pranzo, in paese sembravano cessare tutte le attività; in quei momenti si poteva godere un silenzio che Dorian Bayley non ricordava di aver mai ascoltato nemmeno nei quartieri più tranquilli di Londra.

Era stato in ufficio per tutto il resto della mattinata a sistemare gli appunti e le idee. Aveva preferito non mettere al corrente i suoi agenti circa il biglietto che aveva ricevuto; essendo abituato a non scartare mai a priori alcuna ipotesi, esisteva una remota possibilità che fosse stato proprio uno di loro a infilarglielo in tasca.

Tornato nella locanda in Kings Street si diede una sciacquata e si rase. Dopodiché si servì del brandy e si mise seduto sul piccolo tavolino della sua camera, spalancando le tende della finestra. Iniziò a osservare il cielo e il bosco che, abbarbicato sulla collina, si stagliava più distante. Aveva appena terminato di scrivere alla moglie, esaltando la bellezza e il fascino di quel luogo sperduto, dove tutto sembrava scorrere con modi e tempi diversi rispetto alla realtà dove da anni viveva a lavorava. Per pranzo la locandiera gli aveva servito un abbondante stufato di patate, della verdura condita con spezie locali e castagne arrosto. Si sentiva sazio e assonnato e pensò che fosse meglio stendersi sul letto e riposarsi, prima di tornare in commissariato e sentire se ci fossero novità.

Quando riaprì gli occhi il cielo era già prossimo al tramonto. Incurante del vento che si era levato e delle nuvole sempre più scure che minacciavano pioggia, fece una passeggiata per il paese. Giunse a St Patrick Square, dove un gruppo di ragazzi parlava e ridacchiava. Riconobbe Martin Ford, il figlio di Adam, intento a raccontare le esperienze di Liverpool ai suoi vecchi amici compaesani. Anziché svoltare a sinistra e imboccare Main Street, decise di prendere a destra lungo un sentiero che si incuneava nel bosco. Dopo qualche minuto di camminata la vegetazione si apriva lasciando spazio a una spianata di prato verde e ben curato. Quasi dal nulla comparve una casetta con un giardino recintato e il tetto spiovente; era l'abitazione di padre Beathan. Il cancelletto, come consuetudine da quelle parti, era aperto e Dorian Bayley provò invano a bussare; a quell'ora, pensò, il prete si trovava in chiesa. Proseguì la passeggiata incuneandosi all'interno del bosco, lungo uno stretto sentiero che incrociava quello principale e portava verso est, in direzione della villa del giudice Owen. Incontrò il fiume che, in quel punto, si riduceva a una sorta di ruscello, per via di uno strato di pietre che erano state stese sul suo letto per permettere l'attraversamento degli animali. Dorian Bayley lo attraversò proseguendo lungo lo stesso sentiero. Il buio era ormai imminente. Decise di accelerare il passo e, dopo poco, spuntò nei pressi di una fattoria. Alla sua destra si estendevano grossi pascoli pianeggianti con pecore, mucche e cavalli intenti ancora a brucare. Aggirò la fattoria passando a sinistra e costeggiando di nuovo il fiume in direzione del centro del paese. Più avanti si poteva intravedere la chiesa e, più a destra, ancora più distante, la casa del giudice.

"Non lo faccia, per carità divina, non lo faccia!"

Una stridula voce femminile lo costrinse a voltarsi; una signora anziana, con la testa coperta da un velo variopinto e con indosso un lungo abito contadino, gli si avvicinò, fermandosi a non più di cinque passi.

"Cosa ha detto, mi scusi?" chiese Dorian Bayley rimasto di stucco.

Notò che la signora era molto magra, con il volto scavato dalle rughe e dall'età, ma sembrava comunque energica. In braccio tratteneva un agnello, non curante dei suoi tentativi di liberarsi dalla presa.

"Scappi finché è in tempo, torni da dove è venuto, non rimanga oltre".

Il tono della donna era supplichevole e, nel suo sguardo vispo, si leggeva una nota di disperazione.

"Per quale motivo dovrei lasciare Greystone?"

L'ispettore sospettò che l'età le stesse giocando un brutto scherzo.

"Perché qui nulla è come sembra e siamo tutti in pericolo. Anche lei lo è."

"Anch'io?" le fece eco.

"Si guardi intorno: non nota nulla di strano? Le sembra normale? È solo apparenza".

La contadina stava indicando il bosco dietro di sé e tutto ciò che li circondava.

Dorian Bayley la assecondò per non essere scortese, un difetto che aveva sempre detestato.

La poca luce che filtrava faceva brillare di un colore rossastro le fronde degli alberi che si muovevano all'unisono, sferzate da improvvise folate di vento gelido. Tutt'intorno il buio iniziava a inghiottire le colline, mentre le prime luci delle lampade a olio tremolavano in lontananza in direzione del centro del paese.

"Mi dispiace signora ma non noto nulla" disse pacato alzando le spalle.

Qualche goccia d'acqua cadde sul volto di Dorian Bayley, che approfittò per salutare con un cenno affrettandosi in direzione del Ducks Bridge.

"Così si bagnerà ispettore…" gridò la signora "…entri in casa e le mostrerò una cosa molto interessante…"

Senza arrestare il passo, Dorian Bayley girò il volto all'indietro.

"Ora non posso; buonasera signora".

La contadina rimase ferma a gridare qualcosa di incomprensibile, non curandosi della pioggia che cominciava ad aumentare di intensità.

Appena terminata la cena, che aveva deciso di anticipare, attraversò nuovamente St Patrick Square per poi entrare nel vicoletto dove si trovava il Golden Pub, il ritrovo serale per molti abitanti del paese. La pioggia era cessata e l'aria umida formava piccoli banchi di nebbia, che si stratificavano dando vita a strani giochi di forme, illuminate dai lampioni disseminati lungo le vie.

Era ancora presto; gli unici quattro avventori presenti sedevano a un tavolino in fondo a una sala lunga e stretta con tavoli in legno, tutti della stessa dimensione, allineati su entrambi i lati. In fondo, sulla sinistra, vi era una porticina che

conduceva all'area riservata al personale, mentre sul muro, color rosso spento, vi era appeso un bersaglio con appuntate cinque freccette e alcuni quadretti raffiguranti gli incantevoli scorci di Greystone. Lungo le pareti laterali, due camini accesi accoglievano gli ospiti con la benedizione del calore, rinfrancandoli dall'umidità e dal freddo.

Si percepiva odore di vino e di legna e, a intermittenza, l'aroma del sigaro che due dei quattro uomini seduti stavano fumando. Dorian Bayley fece altrettanto mentre si accomodava su una panca posta davanti a un tavolino al centro della sala, da dove poteva controllare l'entrata del locale. Tirò fuori dalla tasca il biglietto e rilesse con attenzione il contenuto, cercando di riflettere sul suo significato.

Invocazione, apparizione, imprigionamento, cacciata negli inferi.

Quelle parole non gli dicevano nulla ma dovevano nascondere un messaggio importante e soprattutto segreto, se l'autore si era preso cura di mantenere l'anonimato. Il comportamento criptico di molti la diceva lunga sulla complessità del caso e sui rapporti che intercorrevano fra gli abitanti. Gli vennero in mente le parole della signora incontrata vicino alla fattoria e si scoprì a ridere di sé stesso al solo pensiero di averle concesso un minimo di attendibilità. Chiese alla cameriera di ripassare non appena fosse giunto un amico che stava aspettando. Nel frattempo rilesse gli appunti per l'ennesima volta, aggiungendovi dei segni che andavano a unire delle frasi apparentemente slegate tra loro.

Poco dopo entrò George Davies, preceduto da una coppia formata da un signore anziano con i capelli bianchi e un uomo più giovane, che aveva l'aria di essere suo figlio. L'ispettore ricordò di averli visti entrambi al funerale. Il fabbro si guardò intorno per prendere posto ma Dorian Bayley, sollevando la mano che reggeva il sigaro, attirò la sua attenzione invitandolo ad avvicinarsi.

"Mi farebbe piacere offrirti da bere" gli propose allargando la bocca in un grosso sorriso.

L'artigiano sorrise per la prima volta, accettando l'invito di buon grado. Chiamarono la cameriera e ordinarono due pinte di una speciale birra del luogo, prodotta nel laboratorio di Tom Porter, un rinomato mastro birraio che la produceva ed esportava da oltre un secolo in tutto il paese.

L'ispettore raccontò della sua vita a Londra, dei suoi ritmi, dei molti avvenimenti che si susseguivano e che la rendeva una città vivace, industriosa e prolissa ma, allo stesso tempo, complicata e violenta. Quando l'argomento si spostò sulla vita di George Davies e degli abitanti di Greystone, il terzo boccale di birra giaceva vuoto rovesciato sul tavolo.

"Altre due pinte!" chiese a gran voce il fabbro sollevandolo e facendolo vibrare in aria.

Il pub si era riempito per tre quarti e gli avventori erano perlopiù sconosciuti agli occhi dell'ispettore. George Davies, al contrario, scambiava un cenno di saluto con chiunque facesse la comparsa all'interno della sala; si era finalmente sciolto e non sembrava più quell'uomo di poche parole che Dorian Bayley aveva conosciuto il giorno dell'omicidio. Ne approfittò per cambiare argomento.

"Conosci bene l'ispettore Morgan?"

"Nevil Morgan è un personaggio rispettato da queste parti" iniziò a raccontare oramai a ruota libera. Seppur essenziale e contaminata da un forte accento locale, la sua dialettica risultava piacevole.

"È amico di tutti; spesso capita che mi offra una birra qui al Golden Pub, oppure che ci si incontri in paese e si scambi qualche battuta, che so io, sul tempo, su un avvenimento o cose di questo genere."

"E ti ha mai detto nulla riguardo il furto in casa

di Adam Ford?”

“Adam Ford” ripeté il fabbro con un sorrisino beffardo “quello è un tipo davvero strano ispettore. Frequentare troppo il cimitero non gli deve aver fatto bene. Suo figlio Martin ha lavorato da me come apprendista quando aveva 14 anni ma, già all’epoca, sognava di lasciare Greystone. Qualche anno dopo, infatti, se l’è svignata a Liverpool e ci ha visto lungo. Ha già visitato la loro casa? Sembra un luogo infestato da fantasmi” disse scoppiando in una fragorosa risata.

“Dicevamo…” cercò riprendere il discorso Dorian Bayley “…se l’ispettore Morgan ti ha mai parlato del furto del libro.”

“Oh, mi scusi ispettore, ma quando bevo a volte mi lascio andare. Non è colpa mia, ma di quel dannatissimo Tom Porter. Produce una birra eccellente e io non so resisterle” aggiunse mentre inaugurava un nuovo boccale.

Dopo un sorso generoso, con la schiuma sui baffi, cercò di riprendere il filo del discorso.

“Quella è una indagine in corso e l’ispettore Morgan non ama parlare dei suoi casi sino a quando non è giunto a una soluzione… o almeno non con noi.”

“E con chi allora?” incalzò l’ispettore.

“Eleonor. Madame Eleonor. A volte aiuta l’ispettore con le indagini."

"In che modo?"

"Ah ah ah" rise con ancor più vigore piegando la testa all'indietro. "Magia, sedute spiritiche, cose di questo genere. Capisce ispettore? Nevil Morgan trascorre le giornate facendo visita ai suoi amici perché sa che quei pochi casi che gli capitano fra le mani glieli risolve Madame Eleonor. O almeno così si dice in paese."

"E secondo te è vero?" domandò Dorian Bayley, evitando di tirare fuori il taccuino per mantenere la conversazione su un livello amichevole e non dare l'impressione di essere in veste ufficiale.

"Ispettore, io sono un fabbro; per me tutta la magia è chiusa all'interno di una serratura sino a quando io non la faccio saltare..." ridacchiò di nuovo "...e allora mi accorgo che dietro non si nasconde nulla di magico o misterioso. Ma in paese non è così per tutti. A volte le cose sembrano andare diversamente. Forse mi sfugge qualcosa o forse non mi sfugge nulla, è solo che sono un po' alticcio. Per quanto riguarda Nevil Morgan posso dirle che si tratta di un ottimo ispettore di polizia, che conosce a fondo il suo mestiere. Ha i suoi lati particolari ma, d'altronde, chi non li ha?"

"Questa Madame Eleonor, tu la conosci?"

"Mi è capitato di vederla qualche volta. È un'innocua vecchietta ma ha l'aspetto di una povera pazza. Purtroppo però, molti non la pensano così. So per certo che l'ispettore Morgan non è il solo a chiedere il suo aiuto. C'è chi vuole invocare l'anima di qualche suo caro estinto e chi vuol sapere se presto accadrà qualcosa di brutto a lui e alla sua famiglia ..."

"Tu non credi a queste cose vero?"

"Come le ho già detto, sono un tipo pratico. Lei conosce la storia che circola in paese a proposito del ritrovamento di Sarah Benson, avvenuto circa quindici anni fa?"

Dorian Bayley fece cenno di no con la testa. Era curioso di conoscere il modo in cui veniva percepita la realtà a Greystone, come questa venisse filtrata dalla credulità e dalla superstizione. In realtà, prima di lasciare Londra, aveva studiato con attenzione tutti i casi dell'ispettore Morgan, compreso quello della piccola Sarah.

Dopo aver terminato l'ennesima pinta e chiesto alla cameriera di portarne un'altra, George Davies riprese di getto.

"All'epoca la bambina aveva cinque anni; era figlia di una coppia di artigiani che abitano da queste parti. Una sera si era smarrita nel bosco. Raccontò in seguito che stava seguendo le orme di uno strano animale mai visto prima, un animale così possente e pesante da lasciare impronte tre volte più larghe e profonde di quelle di un orso".

Vedendo avvicinarsi la cameriera, il fabbro fece una pausa. Prima che la ragazza potesse posare il vassoio sul tavolo, afferrò al volo il boccale e diede un sorso facendo colare la birra sui lati del viso, mentre con la mano libera le tirò una pacca sul sedere. Dai tavoli vicini si sollevarono risate di approvazione.

"E come è finita?" incalzò l'ispettore per riportarlo all'ordine.

Il fabbro si ricompose per quanto poteva.

"Fu ritrovata da Edward Lambert, un poliziotto in servizio a Greystone che ora è fuori per motivi personali. Secondo la versione che circola in paese, gli agenti di polizia furono guidati da Nevil Morgan, che si era affidato alle informazioni fornite da Madame Eleonor durante una seduta spiritica a cui aveva partecipato insieme ai genitori della bambina. Per me si sono bevuti il cervello, per diamine! Quella bambina era scappata come scappano tanti bambini quando i genitori sono troppo impegnati a pensare a loro stessi. A quale grosso animale mostruoso poteva mai dare la caccia a cinque anni? Le fantasie dei bambini e i deliri di una maga dovrebbero rimanere lì dove sono e invece qui in paese di storie del genere ne circolano a dozzine, fantasie create da chissà quale mente bizzarra che, per molti, diventano verità da temere".

Il boccale di Dorian Bayley era rimasto colmo a metà. Voleva rimanere lucido per mettere insieme tutti i pezzi di quello che George Davies gli stava raccontando in preda alla sua sbronza.

"Ora, se non le dispiace, devo andare un attimo in bagno. Con permesso…" disse il fabbro simulando un inchino.

L'ispettore, rimasto solo, si affrettò a tirare fuori il taccuino. Aveva conosciuto molti anni prima Nevil Morgan, sentendolo più volte parlare di pratiche esoteriche e di entità superiori, eteree, ultraterrene, tutte in grado di cambiare il corso degli eventi e prevedere il futuro. Questo gli fece considerare attendibili le parole del fabbro. Mise da parte il taccuino e cominciò a riflettere. Il suo sguardo si perse in un punto imprecisato della sala satura di fumo.

'Un rito propiziatorio per la caccia…' pensò '…molte popolazioni accolgono la stagione della caccia con riti propiziatori di diverso tipo. Alla base di questi riti c'è una simbologia che si ritrova in alcune credenze popolari o in leggende che si rinnovano nel corso dei secoli.'

Ripensò alla vicenda della bambina che seguiva le orme di un grosso animale e la interpretò come uno dei simboli legati al rituale di caccia.

L'animale prima è invocato, poi viene avvistato, catturato e infine ucciso.

Rimaneva da capire cosa avesse a che fare tutto questo con l'uccisione di Vernon Doyle.

24 Ottobre 1884 - Venerdì

Le parole del medico legale, e quelle più confuse di George Davies, avevano fatto riflettere l'ispettore Dorian Bayley e iniziavano a trovare conferma anche nei comportamenti degli abitanti. Un paese in cui la superstizione e lo spiritismo sopravvivevano con tanto vigore, avrebbe potuto reagire all'omicidio di Vernon Doyle in maniera imprevedibile. Le farneticazioni dell'anziana contadina non facevano che supportare l'idea della potenziale pericolosità di una mente resa orfana di un pensiero libero, analitico e razionale. Anche se convinto della vacuità di ogni visione della vita contaminata dalla superstizione, decise che il comportamento migliore fosse quello di adeguarsi alle circostanze e agli individui con cui avrebbe dovuto confrontarsi. La mentalità oscura che gravava sul villaggio, come una nebbia venefica originata dai secoli bui del passato, allargava di molto il ventaglio dei possibili responsabili dell'omicidio.

"Convinci un piccolo uomo che sta servendo una causa superiore e saranno poche le cose che non sarà disposto a fare".

A chi apparteneva la mano che aveva infierito

con inumana ferocia sul corpo di Vernon Doyle? E, soprattutto, cosa o chi l'aveva spinta?

Seppur non suffragata da prove o riscontri, a Dorian Bayley iniziava a balenare in testa l'idea che l'omicida poteva non aver agito solo per proprio conto, ma che potesse trattarsi di un crimine inserito in un disegno più grande.

Se a Greystone esistevano davvero sette segrete e ci fossero medium o padri spirituali rifacentisi a chissà quale mistica religiosa, chiunque avrebbe potuto perdere il senno e compiere un gesto così folle. Occorreva, dunque, scoprire quali segreti nascondesse quel villaggio all'apparenza mite e tranquillo, se davvero nel sottosuolo operassero forze malvagie e al di fuori di ogni controllo. Dorian Bayley era cresciuto in una famiglia molto religiosa ma gli studi giuridici e filosofici, l'incontro con uomini di scienza e l'orrore dei terribili delitti con cui conviveva da quasi trent'anni di indagini, lo avevano convinto di come l'essere umano fosse l'unico mostro da temere e di come diveniva semplice leggere la mente di un criminale una volta eliminati inutili orpelli ideologici e surreali convinzioni astratte.

Mentre attraversava il vecchio ponte di legno si guardò intorno per scovare il sentiero che gli aveva consigliato l'agente Jacob per tagliare la via principale e raggiungere prima possibile l'abitazione della signora Eleonor. Non appena si apprestò a percorrerlo, all'interno di una boscaglia, si accorse che banchi minacciosi di nuvole basse si avvicinavano al paese. Alzò il bavero del cappotto e accelerò il passo. All'interno della vegetazione il sole pallido lasciava il posto a una penombra squarciata qua e là da raggi di luce che si infrangevano perpendicolari sul terreno. Dalla bocca il respirò iniziò a uscire condensandosi in piccole nuvole bianche.

Se è vero che la signora Eleonor era considerata dagli abitanti una sorta di medium guaritrice e che aveva instaurato un profondo rapporto di fiducia con Nevil Morgan, conoscerla e parlarci avrebbe potuto aiutarlo ad acquisire informazioni utili per cercare, quanto meno, di tracciare un suo profilo psicologico. Per quanto la scomparsa non avesse apparenti motivazioni, il fatto che sia il furto che l'omicidio avessero a che fare in qualche modo con la religione e il sovrannaturale, iniziava a tessere un filo sottile in grado di collegare gli accadimenti.

Quando giunse sul limitare della proprietà rimase deluso. Si aspettava un'abitazione elegante in stile neoclassico, con statue, un giardino e un vialetto di ingresso curato e delimitato da aiuole

rigogliose. Si trovò di fronte un cancello divelto poggiato sghembo sulla staccionata che un tempo ne sosteneva i montanti, galline che svolazzavano ovunque e un recinto improvvisato, dove grassi maiali si crogiolavano nel fango. Quando bussò, la porta si aprì verso l'interno, dato che il gancio della serratura era sprovvisto di lucchetto.

"C'è nessuno?"

Da una scala fatiscente scese una donna che lo fece accomodare. Il suo aspetto si intonava perfettamente al luogo in cui viveva. La signora Eleonor aveva un'età indefinita, forse sui settanta, pensò Dorian Bayley. Nascondeva i lunghi capelli arruffati sotto una cuffia di lana sgualcita, era bassa e tarchiata, con un viso scavato e pallido. Gli occhi erano neri come la notte e brillavano di una strana luce vitale. Indossava un abito rammendato ma pulito e, ai piedi, calzava sandali fatti in casa.

"Prego, ispettore Bayley, la stavo aspettando, si accomodi pure, ho già messo sul fuoco dell'acqua per il tè" esordì con un sorriso gentile e un timbro di voce pacato.

"Qualcuno le ha annunciato la mia visita?"

La signora Eleonor non rispose; prese due tazze da una mensola, ci aggiunse delle foglie di tè macinato e le posò in tavola, insieme a un vassoio su cui servì dei biscotti al burro. Quando la teiera fischiò, la afferrò dal manico e riempì le tazze.

"Sapevo che mi avrebbe fatto visita."

"Allora immagino conosca anche il motivo."

"Sta indagando sul furto di un antico manoscritto e la successiva sparizione dell'ispettore Nevil Morgan."

"A cui recentemente si è aggiunto un omicidio."

"Ho saputo" ribatté sussurrando la donna.

"Conosce Nevil Morgan?" chiese l'ispettore dopo aver aperto il taccuino.

"Conosco moltissimi abitanti del paese; vengono da me per un consiglio o perché hanno bisogno di conforto."

"Che tipo di attività professa?"

"Vede, ispettore, non tutti comprendono che il dolore fa parte della vita, che va accettato e superato quando ci colpisce. Molti ne hanno orrore e fanno di tutto per rifuggirlo, aggrappandosi a qualsiasi appiglio possa lenirlo o eliminarlo. Chi viene da me chiede solo questo e io cerco di fare in modo che possano elaborare quel dolore e superarlo pian piano."

"Nevil Morgan le ha mai chiesto aiuto?"

"L'ispettore Morgan mi consulta per i casi più complessi, quando le sole leggi dell'uomo non si rivelano sufficienti."

"Signora Eleonor" incalzò Dorian Bayley con tono deciso "l'aiuto che offre ha qualcosa a che fare con la magia e la preveggenza?"

La donna terminò di bere il tè fissandolo in silenzio. Nel suo sguardo, tuttavia, Dorian Bayley non leggeva un tono di sfida, quanto più l'esigenza di capire.

"Lasci che stabilisca un contatto" rispose prendendogli la mano destra e poggiandola sulla sua con il palmo rivolto verso l'alto "lei è uomo molto rispettato; ha un'intelligenza fine che le permette di aiutare tante persone che in vita hanno subito un torto. Catturando il responsabile di un misfatto non solo assicura un criminale alla giustizia ma fa in modo che l'essenza eterea della vittima possa trovare la pace e lasciare la dimensione in cui è prigioniera. Il suo acume è profondo, così come le sue capacità. Tuttavia la sua anima è ferita, una cicatrice che nasconde ma che porta sempre con sé. Ed è forse questo segreto che non le permette di andare oltre a ciò che riesce a percepire e di credere solo in ciò che è tangibile e spiegabile con la ragione".

Una folata di vento fece sbattere la porta contro il muro, restituendo un rumore sordo che fece sobbalzare Bayley. Il rombo di un tuono in lontananza anticipò un lampo accecante.

"Ora vada" concluse la signora Eleonor, lasciando la mano e interrompendo il contatto, che aveva trasmesso uno strano calore per il tempo in cui si era mantenuto.

"Non ci siamo ancora detti tutto" si congedò prima di salutare.

"Torni quando ne avvertirà l'esigenza" rispose la signora Eleonor mentre gli faceva strada verso l'uscita.

L'ispettore attese che si fosse allontanata; fece qualche passo e si fermò subito dopo aver ripreso il sentiero. Aprì il taccuino e scrisse:

Reticente nel parlare di Nevil Morgan /si professa guaritrice; carismatica, probabile ciarlatana / anche lei nasconde qualcosa? /

Un forte vento obliquo lo costrinse a rifugiare il viso dentro il bavero del cappotto. Sprofondò le mani nelle tasche e prese a camminare a passo rapido. Aveva accumulato materiale sufficiente per buttare giù le prime deduzioni e decise di tornare in commissariato piuttosto che far ritorno nel suo alloggio. In serata si sarebbe concesso un pasto caldo nella locanda del Conte.

Giunto sul limitare di un piccolo torrente si arrestò, come tramortito da un colpo di frusta.

Il bosco sembrò in quel momento prendere vita; la sua voce si insinuava tra i rami fischiando e ululando, mentre mille braccia scheletriche ondeggiavano minacciose sospese in aria. Dorian Bayley si voltò scrutando in ogni direzione; avvertiva nitida una presenza nelle vicinanze, come se qualcuno fosse nascosto tra gli alberi e lo stesse osservando nell'ombra. Per la prima volta da quando era a Greystone estrasse la rivoltella, pronto a usarla se quel pericolo latente, che percepiva come una vaga sensazione di ansia, si fosse tramutato in qualcosa di concreto.

"Qualcuno mi sta seguendo sin da quando ho lasciato la proprietà della signora Eleonor" sussurrò tra sé mentre riprendeva guardingo il cammino. Un tuono lo fece quasi sobbalzare; pochi secondi e un lampo squarciò il buio, illuminando la sagoma di un essere che si trovava a pochi passi da lui. Dorian Bayley gli intimò di fermarsi, puntando la pistola e distendendo il braccio, pronto a sparare. Si avvicinò all'albero dietro cui lo aveva visto sparire. Gli era sembrato un uomo alto e massiccio, proprio come, dalle ipotesi fatte, doveva essere l'assassino di Vernon Doyle. Il respiro dell'ispettore si fece affannoso; si mosse con circospezione, facendo attenzione a non essere colto di sorpresa. Quando avvertì il rombo di un nuovo tuono si preparò per balzare dall'altro lato del tronco. Aveva calcolato che tra il rumore e il lampo seguente trascorrevano meno di cinque secondi. Quando contò a mente tre, piantò il piede sinistro sul terreno e fece leva per saltare con un'ampiezza di circa due passi a destra. Afferrò il calcio della rivoltella con forza, tenendo tesi tutti i muscoli del braccio. La luce proiettò un fascio sufficiente a illuminare a giorno tutto intorno. Chiunque fosse era riuscito a fuggire, approfittando del buio e dalla nevicata che si era intensificata al punto da rendere difficoltoso vedere a pochi passi. Andando a tentoni, riuscì a ritrovare il sentiero principale e, dopo circa quaranta minuti, ne uscì trovandosi nelle vicinanze del ponte di legno. Si fermò per riprendere fiato; si diede una ripulita e si diresse senza indugi al commissariato dove, per prima cosa, accese la stufa, si preparò un tè bollente e si tagliò un sigaro. Per quanto dalla conversazione con la signora Eleonor non fosse emerso nulla di interessante, lo strano incontro avvenuto nel bosco lo convinse di essere nella direzione giusta. Aveva avuto conferma che l'assassino si trovava ancora a Greystone.

"Gli uomini non smettono di fornire informazioni se non dopo la loro sepoltura. Parlano da malati, da ubriachi e persino da morti."

Questo usava dire spesso Roland Osborne, un vecchio istruttore di Scotland Yard che aveva contribuito alla formazione di Dorian Bayley nei suoi primi anni di carriera. Mai come in quel momento i suoi aforismi tornavano utili per ravvivare la fiamma di un'indagine che aveva bisogno di un sussulto per non scoraggiarsi sotto la cenere di mistero che circondava Greystone e che impregnava l'animo dei suoi abitanti. Di fatto, le informazioni più significative che aveva in mano erano il risultato di qualche birra di troppo; per questo, se voleva percorrere almeno un piccolo sentiero che lo portasse alla risoluzione del caso e tornare dalla moglie a Londra entro le due settimane previste, sentiva di dover dar credito alle parole di George Davies. Poi, se il fiuto lo avesse portato nella giusta direzione, a indagine conclusa sarebbe andato a ringraziare personalmente "quel dannatissimo Tom Porter" come lo aveva apostrofato il fabbro, comprando una cassa di birra da portare a casa.

'Quel furbo mi deve almeno cinque giorni di riposo non appena torno a Londra' pensò riferendosi a Paul Carter, mentre camminava avanti

e indietro nel suo ufficio.

In quel momento sentì bussare.

"Vieni pure Jacob".

Il giovane agente entrò con lo sguardo trasecolato, dato che non si era annunciato a voce e non capiva come avesse fatto l'ispettore a vederlo.

"Ho alcune informazioni da darle ma prima ci sarebbe padre Beathan che vorrebbe parlarle."

"Fallo entrare poi, quando lo vedi uscire, torna insieme a Gordon".

Il prete entrò con una copia della Bibbia sottobraccio e un fazzoletto in mano, con cui si era appena asciugato la fronte. Era curioso come facesse a sudare quando fuori la temperatura superava a malapena lo zero.

"Buongiorno ispettore" esordì con un tono di voce preoccupato "non so se si tratta di un'informazione importante ma questa mattina, entrando in sagrestia subito dopo la funzione, mi sono accorto che il secondo mazzo di chiavi è sparito. Perciò ho preferito correre subito ad avvisarla."

"Ha fatto bene, padre. È certo che ieri sera, uscendo dalla chiesa, fosse ancora al suo posto?"

Il prete sollevò gli occhi verso il cielo.

"Credo di sì ma non potrei giurarci, non sono cose a cui faccio molta attenzione".

Dorian Bayley si alzò per accompagnare il prete alla porta e, con un tono confidenziale, gli disse:

"Padre, le vorrei chiedere la gentilezza di tenere per sé l'informazione e gli occhi ben aperti."

"Può starne certo, ispettore; al diacono dirò che le ho portate a casa per sicurezza. Nessun altro può accedere in sagrestia senza il mio permesso."

"Torni dai suoi fedeli e non si preoccupi; non appena avrò scoperto qualcosa la informerò."

"Grazie di cuore; se vuole ci vediamo domenica a messa" si congedò padre Beathan, riprendendosi a tamponare il sudore della fronte con il fazzoletto.

Dorian Bayley lasciò la porta semi aperta per evitare nuovi toc toc. Quella mattina non si era svegliato di buon umore; non aveva ancora avuto tempo di dedicarsi al suo rito e ogni piccolo rumore gli entrava in testa, amplificandosi come fosse la gran cassa di un tamburo.

Nemmeno due minuti dopo fece di nuovo capolino Jacob; i suoi capelli rossi, sempre sistemati alla perfezione, stonavano con il modo spesso confuso di esporre i fatti e con un perenne e appariscente senso di disagio che l'ispettore trovava quasi divertente.

L'agente si fermò davanti la scrivania, rimanendo in silenzio ritto in piedi.

"Non c'è bisogno che ti dia il permesso anche solo per parlare" lo apostrofò.

Jacob Young accennò un sorriso e gli passò un rapporto.

"Ho chiesto in giro e più di una persona si è ricordata di aver visto negli ultimi giorni un forestiero girare per il paese. Tutti concordano con l'aspetto fisico o, almeno, le varie descrizioni sembrano convergere. Si tratta di un uomo con capelli castani, sulla cinquantina, non troppo alto, con baffi e folte basette; indossa sempre abiti eleganti, con tanto di mantellina, cilindro e bastone da passeggio. Dopo l'omicidio sembra essersi dileguato."

"Può aver lasciato Greystone. Hai parlato con i dipendenti della stazione?"

"Di questo se ne è occupato Gordon."

"Altro?"

"Poco altro" aggiunse deluso; era entrato convinto di avere ragguagli importanti, ma notava che l'espressione dell'ispettore non era mutata di una virgola.

"Ora che ricordo" lesse rapido tra gli appunti "un contadino di nome Albert mi ha raccontato di aver visto Adam Ford percorrere un sentiero che costeggia il bosco, nella zona alta del paese,

poco oltre il vecchio ponte di legno."

"Ed è un fatto inusuale?" chiese Dorian Bayley mentre alternava un sorso di tè a una boccata di sigaro.

"Direi di sì" rispose Jacob "Albert era appena uscito dal pub, diciamo che era stato cacciato a calci dal proprietario; prima di tornare a casa voleva fare una passeggiata per smaltire la sbronza. Passando davanti la chiesa ha letto l'ora dal grande orologio; erano da poco passate le tre. L'ora coincide, me l'ha confermata il proprietario della locanda che lo ha, diciamo, accompagnato alla porta perché doveva chiudere. Il contadino ha continuato a camminare fino a superare il ponte, poi si è seduto a fumare ed è stato in quei minuti che ha visto Adam Ford. A quanto riferitomi, il custode del cimitero camminava a passo veloce, aveva una mantella con cappuccio e gli è parso che portasse qualcosa alla cinta, anche se non ha saputo essere più preciso. Tutto questo è avvenuto la notte tra il 20 e il 21, la notte in cui è stato ucciso Vernon Doyle."

"Un attento osservatore" esclamò Dorian Bayley, che aggiunse subito dopo "anche troppo, visto che la scena è avvenuta a notte fonda in una zona poco illuminata e ha per protagonista un testimone che si reggeva in piedi per caso."

"L'ho solo messa al corrente di quanto sentito."

"Stai facendo un ottimo lavoro; continua a setacciare il paese. E, dimmi, Adam Ford ha mai avuto problemi con la legge?"

"Non mi risulta; per quanto il suo aspetto sia un po' tetro non ha mai commesso alcun reato …"

Bayley lo fissò con aria interrogativa

"… che io sappia" si affrettò ad aggiungere l'agente.

In quel momento entrò Gordon, che prese posto davanti la scrivania.

"Che notizie mi porti?" chiese l'ispettore mentre terminava di bere il tè.

"Sono stato alla locanda dove Darrel Bennet ha soggiornato e ho chiesto di parlare con la cameriera che ha avuto il compito di rassettare la sua stanza. Se lo ricordava bene perché le aveva lasciato una bella mancia e quindi me lo ha saputo descrivere in maniera molto dettagliata. Dopo mi sono diretto verso la stazione ferroviaria e un addetto mi ha riferito di aver visto un uomo distinto mentre aspettava il treno. Me lo sono fatto descrivere e non c'è dubbio, si trattava di Darrel Bennet".

Bayley lo fissò e, con un cenno del capo, lo invitò ad andare avanti.

"Era la tarda mattinata di martedì scorso, 21 ottobre; da quanto ricorda, l'uomo era vestito con un lungo cappotto scuro, di ottima fattura. Ha preso il treno delle dodici che collega Greystone a Little Castle. L'uomo sembrava tranquillo; gli ha chiesto quanto tempo avrebbe impiegato il treno, dopodiché è salito e da quel momento non lo ha più visto."

Bayley pensò che, nonostante la giovane età e il fatto di essersi trasferito a Greystone con l'intento di non concedere troppa fatica al proprio impegno lavorativo, Craig dimostrava brillantezza. Esponeva quanto accaduto senza dover leggere alcun appunto, ricordando tutto a memoria e, soprattutto, si era mostrato arguto nel chiedere al dipendente della stazione le sue impressioni su questo Darrel Bennet.

"Dove si trova Little Castle?"

"È un paesino a 35 miglia da qui. È collegato a Greystone attraverso una tratta ferroviaria secondaria inaugurata lo scorso anno. Al momento vi transitano ogni giorno due treni merci, che trasportano principalmente animali da pascolo e materiali per costruzioni. Prima che aprissero la nuova tratta, per arrivarci occorreva prendere una carrozza che impiegava quasi tre ore di viaggio, mentre ora ne basta poco più di una".

Dorian Bayley tirò fuori dal taschino il suo orologio: erano le dodici e trenta.

"E tu oggi prenderai quello delle 16" gli annunciò senza esitazione "dormirai lì e non appena avrai avuto notizie di lui, spero entro domani, prenderai il primo treno per Greystone."

"Perfetto ispettore."

"In quanto a te Jacob" proseguì fissando negli occhi l'altro agente "dovresti pedinare Adam Ford. Seguilo per tutta la giornata di oggi, non perderlo mai di vista e, soprattutto, non farti scoprire."

"Sarà un problema, qui a Greystone mi conoscono tutti".

Dorian Bayley scosse la testa.

"Togli la divisa e indossa cappotto e cappello. Sino a che c'è luce ti terrai a distanza. Sarai un uomo fra tanti che passeggia per il paese nel suo giorno di riposo. Col buio, poi, sarà tutto più facile."

"Bene ispettore."

Quando i due agenti uscirono, Dorian Bayley rimase seduto, indeciso se mettersi a studiare e riordinare gli indizi raccolti oppure far ritorno sul luogo del delitto per cercare nuovi elementi.

"Nessun crimine si risolve stando seduti" pensò ricordando un'altra lezione di Roland Osbor-

ne.

Diede un'altra occhiata al suo orologio, infilò cappotto e cappello e si diresse verso la porta. Poi tornò indietro, prese la pistola dal cassetto della scrivania e la infilò in tasca prima di uscire.

Padre Beathan sembrava non riposare mai. Quando lo si incontrava era sempre indaffarato a sbrigare qualche faccenda. Se non era in chiesa a preparare la funzione domenicale o concedere udienza a chiunque ne avesse bisogno, girava per il paese a dispensare consigli, aiutare una povera donna a portare a casa la legna o giocare con i bambini correndo con loro o nascondendosi nell'attesa di essere scovato. Se si voleva parlare con lui, l'unico posto dove non cercarlo era la sua casa, che usava solo per dormirci la notte.

Giunto in prossimità della biblioteca, Dorian Bayley lo vide piegato nel piccolo orto intento a ripulire dalla neve le sue piante, che rischiavano di morire bruciate dal ghiaccio.

"Ispettore, che piacere" salutò a voce alta con il solito sorriso benevolo.

Le maniche del maglione erano tirate su, mentre i pantaloni erano legati alle ginocchia per preservarli dalla terra.

"Salve, padre. Mi fa piacere incontrarla. Ero venuto per dare un'occhiata in biblioteca."

"Mi dia un momento e la raggiungo. Sa, da quando Vernon ci ha lasciati non posso più tenere la porta sempre aperta".

L'ispettore gli fece un cenno di assenso e iniziò a perlustrare il perimetro. Si fermò a osservare i resti dei muretti in pietra che un tempo avevano sorretto un tempio paleo cristiano. Sembravano disporsi a caso ma, a un'analisi attenta, si capiva che ognuno di essi tendeva a operare una curva; l'antico tempio sembrava avere avuto una pianta circolare, mentre i piccoli muretti interni dividevano lo spazio in piccole celle. Dorian Bayley ignorava la funzione che avevano potuto avere, anche se non era difficile immaginarne un uso votivo.

"Da questa parte, ispettore" chiamò il prete fermo dinnanzi alla porta.

Dorian Bayley si avvicinò e insieme entrarono in biblioteca.

"Ha scoperto qualcosa a proposito della sparizione delle chiavi?" chiese mentre allargava le tende per far entrare la luce.

"Al momento no, ma presto sapremo qualcosa di più preciso."

"Immagino voglia rimanere solo per portare

avanti le sue indagini. Quando ha terminato mi trova in chiesa, ho da sistemare alcune cose per la funzione di domenica."

"La ringrazio padre, lei mi è sempre prezioso".

Accompagnò il prete fino al corridoio che portava in sagrestia, poi chiuse dietro di sé la porta e osservò l'ambiente come fosse la prima volta.

"Come ha fatto l'assassino a uscire se le porte erano chiuse dall'interno?" si chiese mentre controllava palmo a palmo l'intera superficie della stanza. La forma a L garantiva diversi angoli ciechi e un assassino scaltro avrebbe avuto vita facile nell'assalire una vittima ignara; inoltre il buio della notte creava il più formidabile dei nascondigli. Ma il tarlo dell'ispettore tornava in maniera ossessiva sulla via di fuga usata. Nessuna finestra presentava segni di scasso e mancavano soppalchi per ipotizzare una fuga dal tetto. Mentre tastava la resistenza dei grandi scaffali che contenevano i libri gli venne la più improbabile delle idee, che tentò di cancellare dalla mente per paura di trasformare il caso in qualcosa di grottesco. Iniziò a toccare a caso i libri piegandoli a 45 gradi, come a cercare un interruttore nascosto, facendo pressione in corrispondenza degli interstizi che separavano di pochi pollici gli scaffali tra di loro. Se anche fosse stato, il loro peso avrebbe reso impossibile nascondere una porta segreta. Ripeté l'operazione fino ad arrivare in prossimità del muro terminale della stanza, nascosto da due grandi scaffali che occupavano, ognuno, metà dello spazio, e che terminavano quasi fondendosi l'uno con l'altro. Lo spazio interno era disposto come se uno scaffale più piccolo si incastonasse in quello più grande, e così via. Anche su questi, l'ispettore tentò ogni tipo di pressione o movimento per vedere se da qualche parte potesse esserci un'uscita segreta. L'ispezione, tuttavia, diede esito negativo e Dorian Bayley biasimò sé stesso per aver solo pensato di poter dare ascolto al suo lato fantasioso. Quando si voltò per dirigersi in sagrestia, tuttavia, sentì qualcosa che sfregava sotto la suola di una scarpa. Si inginocchiò e tastò con le dita il pavimento. In un solo punto ben preciso trovò resti dello stesso terriccio scoperto vicino al cadavere, di una consistenza e di un colore diverso rispetto a quello che circondava la chiesa e il giardino. Il terriccio finiva poco sotto la base dello scaffale. Forse, pensò Dorian Bayley, l'assassino doveva averlo raccolto sotto la suola delle scarpe da qualche altra parte e, nella concitazione dell'assassinio, doveva averlo perduto in due punti: uno in cui si era fermato in attesa di raggiungere la sagrestia e il secondo nel punto

vicino il crocefisso dove si era nascosto per tendergli l'agguato mortale. Si ripulì le dita e si diresse verso la sagrestia. Chiamò padre Beathan, poi attraversò la stanza e si diresse verso l'altare. Durante il primo sopralluogo non si era accorto di quanto bella fosse la chiesa, ornata da simboli cristiani e impreziosita da affreschi che ricoprivano i soffitti delle navate. Accanto al grande crocefisso, spostato sulla destra, un altarino raccoglieva il tabernacolo che conteneva un calice d'oro, una patena smaltata, la pisside anch'essa placcata in oro e due piccole ampolle per il vino. Poco più dietro spuntava una graziosa cornice dal vetro lucente che conteneva un simbolo inciso a mano su sfondo nero. Dorian Bayley lo prese per osservarlo meglio alla luce.

"La rosa anglicana" esordì padre Beathan, apparso d'improvviso alle sue spalle.

"Mi perdoni, padre, non avrei dovuto toccare" si scusò.

"Al contrario, mi fa piacere che si interessi alla nostra congregazione. L'orrore per quanto successo non deve incrinare la bellezza della casa del Signore e, anzi, ci deve infondere il coraggio necessario a cercare con fermezza la verità e la parola di Dio. Quello che tiene in mano è un antico simbolo di comunione, oltre a essere lo stemma su cui si riconoscono tutte le chiese anglicane. Osservi al centro" disse indicando una scritta che compiva un giro intero intorno a un cerchio bianco al centro della rosa azzurra "è una scritta in Latino e vuol dire *La verità vi renderà liberi*, Giovanni, 18: 12-20. Sono parole pronunciate da nostro Signore Gesù quando giunse a Gerusalemme. E so che, in cuor suo, anche lei è in cerca di verità."

"Vorrei avere il suo ardore, padre, credere in qualcosa che vada oltre ma, al momento, l'unica verità che cerco riguarda l'autore di un omicidio."

"L'amore di Dio si presenta sotto forme diverse; Dio ama lei come ogni suo figlio. Ma non voglio trattenerla oltre, so che ha molto lavoro da svolgere."

"Tornerò ad avvisarla quando avrò scoperto qualcosa. Ora mi scusi" si congedò Dorian Bayley.

Uscendo dalla chiesa fu accompagnato dalla sensazione che qualcosa gli stesse sfuggendo pur avendola sotto il naso, la stessa strana sensazione che lo aveva colpito durante l'ispezione nella casa di Nevil Morgan.

25 Ottobre 1884 - Sabato

Gordon Craig non aveva mai visitato Little Castle, nonostante il paesino distasse poche miglia dal luogo nel quale prestava servizio. Lo immaginava non molto diverso da Greystone, un borgo circondato da boschi e colline con una piazza al centro, una chiesa, piccole botteghe e qualche pub per consolarsi dalle fatiche quotidiane. Appena messo piede a destinazione pensò di non essersi sbagliato di molto ma, dopo un'ora, si accorse di vivere un'atmosfera del tutto diversa; più povera, più sobria e più semplice. Le strade, anche quelle centrali, erano scarsamente illuminate e le persone che alle 6 di sera ancora si affaccendavano per le vie, indossavano abiti logori e scarpe ricucite in modo approssimativo. Le robuste abitazioni a due piani erano costruite in pietra, con due finestre per piano e tetti spioventi. La neve caduta nei giorni precedenti persisteva ammassata ai lati dei vicoli lastricati di ciottoli asimmetrici; in alcuni punti non era stata spalata con cura e aveva reso il terreno scivoloso trasformandosi in ghiaccio. Quello che non mancava era la legna: non c'era giardino o cortile che non contenesse cataste di grosse dimensioni, le stesse che si trovavano ben ordinate ai lati dalle porte. I comignoli fumavano senza soluzione di continuità, spargendo nell'aria un forte odore di legna arsa, ben più intenso di quello che si respirava a Greystone. Little Castle era famosa per essere soprattutto una zona a intensa lavorazione di estrazione carbonifera.

Se il suo obiettivo era tornare il giorno seguente, non c'era tempo da perdere; doveva mettersi subito alla ricerca di Darrel Bennet, sfidando le insidie del freddo e delle strade scivolose. Da un addetto della stazione era riuscito ad avere informazioni sui luoghi del paese che gli sarebbero tornati utili: i pub e la chiesa, luoghi classici di ritrovo, il mercato, che veniva svolto soltanto la domenica mattina, la sede della polizia e, nemmeno a dirlo, le locande che ospitavano forestieri. Anche qui ne esistevano soltanto due e portavano i nomi delle specie più presenti in zona: *Il Pino* e *La Quercia*. Si trovavano a poca distanza una dall'altra; la prima al centro di Tree Pine Square, mentre la seconda si affacciava su una via a essa collegata che, ironia della sorte, portava il nome di Killing Street.

Se gli abitanti di Greystone erano poco abituati a vedere forestieri transitare per le vie del paese, pensò Gordon, i residenti di Little Castle avrebbero dovuto essere ancora più incuriositi nell'incrociare una faccia nuova; tuttavia la sua presenza sembrava passare inosservata. Notò, anzi, che alcuni anziani accennavano un saluto con la testa come se si aspettassero la sua visita. Per non sembrare un agente in servizio, anche Craig aveva dismesso la divisa ufficiale per sfoggiare una pesante mantella in lana, pantaloni spessi color verde scuro e un paio di stivaletti di pelle.

Giunse presto in Pine Tree Square ed entrò nella prima locanda, dove venne accolto da una cameriera dal sorriso gentile e lo sguardo avvenente. Mentre stava per chiedere i nomi degli ospiti che vi alloggiavano fu distratto da un vociare frenetico che proveniva da uno dei vicoli che si diramavano dalla piazza verso la zona nord del borgo; si scusò con la cameriera e, incuriosito, andò a controllare cosa stesse accadendo. Si fermò di fronte un ingresso illuminato da due lampioncini a olio; entrò e si trovò all'interno di quella che sembrava a prima vista una bottega. Posizionate a fila di quattro, divise da un corridoio che si apriva al centro, erano sistemate venti sedie di velluto rosso, insufficienti a contenere tutti i presenti; alcuni uomini si erano dovuti accontentare di rimanere in piedi ai lati della sala.

Messo piede in quell'ambiente, un forte odore di sigaro gli aggredì le narici. Trovò uno spazio, in piedi, vicino a un ometto basso e magro ma ben vestito, intenzionato a non dare nell'occhio. Gli astanti, tutti uomini di varia età vestiti con abiti eleganti e dal portamento controllato, parlavano fra loro scambiandosi opinioni. In fondo alla sala, su un lungo tavolo posizionato di traverso, erano sistemati oggetti antichi di vario genere, tutti classificati con un'etichetta su cui era riportato il periodo, il nome e il valore di base: strumenti da lavoro, abiti, parti di mobilio, quadri, gioielli e molto altro. Craig capì di trovarsi nel bel mezzo di un'asta e, con discrezione, si mise a osservare i presenti per vedere se qualcuno corrispondesse alla descrizione di Darrel Bennet. Da un separé che dava sul retro, senza alcun annuncio, uscì il battitore, un uomo vestito in nero con un cravattino corto e un paio di baffi all'insù, con in mano un portasigari che Craig reputò potesse essere placcato oro.

"Diamo il benvenuto al giovane signore in fondo alla sala" annunciò in tono cerimonioso indicandolo con un gesto della mano, mentre tutti i presenti si voltavano a osservarlo.

'Accidenti' pensò irritato 'non mi sembra il modo migliore per passare inosservato'.

L'agente raccolse tutta la disinvoltura che già in passato aveva sfoggiato per uscire da situazioni di disagio come quella. Fece mezzo passo avanti e accennò un inchino.

"Buonasera a tutti" disse con un grosso sorriso "sono pronto a dare battaglia".

Fra i presenti si sollevarono delle risatine composte e il battitore diede il via al nuovo incanto.

Nessuno sembrò interessato all'oggetto proposto. L'articolo successivo, una teiera fiorentina in fine porcellana del XVII secolo, venne invece venduta dopo appena tre rilanci a un prezzo di poco superiore a quello di base. Ben presto si passò a quello che doveva essere uno dei pezzi forti della serata, che dimostrava di attirare non poco l'attenzione degli astanti. Si trattava di un quadro del XVI secolo proveniente dalla Serbia, raffigurante un demone zoomorfo, dipinto per metà uomo e metà capra, che teneva prigioniera una donna, mentre tutt'intorno gli alberi prendevano vita e tendevano minacciosi i propri rami verso i due protagonisti, quasi indecisi se ergersi in difesa della donna o assoggettarsi al volere del demone. Craig non era un intenditore di arte ma percepiva una forte carica emotiva generata dal dipinto, come fosse in grado di trasmettere emozioni tetre.

Cominciò un'asta animata e, fra gli offerenti più attivi, riconobbe l'uomo che stava cercando. Era seduto in seconda fila con un abito scuro dal taglio perfetto. Teneva il bastone poggiato al bracciolo della sedia e una pipa spenta in mano. Sembrava a proprio agio e sapeva inserire le sue offerte con discrezione ma con raffinata maestria, spesso un attimo prima in cui sembrava voler rinunciare.

'Sta cercando di scoraggiare gli altri acquirenti' pensò ammirato.

Dopo una decina di rilanci riuscì ad aggiudicarsi il quadro per l'incredibile somma, così la valutò l'agente, di 110 sterline. I presenti si prodigarono in un fragoroso applauso e l'uomo si alzò, mostrando due grossi baffi e importanti basettoni, facendo un caloroso inchino di ringraziamento. Aiutandosi con il bastone si recò accanto al battitore e appose una firma su un grosso tomo poggiato sulla scrivania. In quel momento Craig non ebbe più dubbi: si trattava di Darrel Bennet. Il giovane agente ebbe un sussulto nell'accorgersi che il sospettato aveva impugnato la penna con la mano sinistra.

Dopo aver firmato, Bennet fu fatto accomodare nel retro per concludere le operazioni di compravendita. Quando rientrò in sala si diresse verso l'appendiabiti, poggiato sulla parete opposta, indossò il cappotto e il cilindro e uscì dal locale.

'Vediamo dov'è diretto' pensò Craig.

Senza pensarci un attimo si catapultò fuori dalla sala. L'aria pulita lo ridestò ma il freddo si era fatto ancora più pungente, costringendolo ad alzare il bavero e indossare i guanti. Darrel Bennet si dirigeva a passi veloci verso la piazza principale, dove era ubicata la locanda. Gordon pensò di inseguirlo e acciuffarlo in strada ma poi scelse di stargli dietro senza essere visto. In quel momento Tree Pine Square era deserta; era l'ora di cena e le persone se ne stavano rintanante nelle loro abitazioni. L'odore di legna arsa che usciva dai comignoli si era mischiato a quello di cibo arrostito.

Nel tentativo di non prendere troppa distanza, accelerò il passo ma mise il piede in fallo su una lastra di ghiaccio e cadde a terra rovinosamente. Bennet udì il frastuono, si voltò e capì di essere seguito. Fuggì lungo un viottolo che dalla piazza si diramava verso sud. Maledicendo il ghiaccio che lo aveva tradito, il giovane agente si rialzò e, nonostante un braccio dolorante, lo inseguì con tutto il fiato che aveva in corpo. Lo vide entrare nella locanda denominata *La quercia*; nel giro di poco si trovò dentro anche lui. Lo sorprese a parlare con il locandiere che stava seduto dietro una scrivania dall'aspetto alquanto compromesso, nella piccola hall dalla quale salivano i gradini che portavano alle stanze del piano di sopra.

"Fermo tu, non muoverti" gli intimò col fiato spezzato.

"Chi è lei?" intervenne il padrone della locanda.

Craig riprese fiato espirando con forza.

"Agente Gordon Craig" disse scandendo bene le parole "il signore qui presente è in stato di fermo".

Il locandiere abbandonò all'istante il tono di sfida.

"Ai suoi ordini" sussurrò dimesso.

"Può anche togliere la scritta *camere esaurite*, il signore dormirà nel posto di polizia locale e domani verrà a Greystone con me."

"Ma il signore non è mio ospite" rispose il locandiere con aria perplessa.

Darrel Bennet sembrava incapace di proferire parola. Era rimasto di stucco, come gli fosse piovuto addosso un secchio di acqua gelata.

"Mi segua" gli intimò Craig "lei ci deve un bel po' di spiegazioni".

Quando lasciarono Killing Street per attraversare di nuovo la piazza, erano da poco passate le otto di sera.

26 Ottobre 1884 - Domenica

Il treno per Greystone era partito puntuale alle 10 del mattino e alle 11,20 aveva raggiunto la banchina di destinazione, dove commercianti e faccendieri già si adoperavano per caricare a bordo generi alimentari, mangime per animali, scorte di latte e persino due mucche, da trasportare a Little Castle con la partenza delle 12.

Darrel Bennet non aveva passato una notte tranquilla, anche se aveva preferito non darlo a vedere durante il viaggio; aveva mantenuto una calma e un contegno che poco si addicevano a un uomo in stato di fermo. Aveva cercato di chiedere maggiori ragguagli a Gordon Craig circa le accuse che gli venivano formulate, pur sapendo in cuor suo cosa gli avrebbero contestato. L'agente, tuttavia, non disse nulla; aveva avuto il compito di portare il sospettato dall'ispettore Dorian Bayley e non di effettuare un interrogatorio preliminare, né tantomeno fornire informazioni che avrebbero aiutato Bennet a predisporre una linea di difesa. Aveva scelto di non ammanettarlo, giudicando improbabile che l'uomo potesse aver la meglio in un tentativo di fuga o in un corpo a corpo.

Mentre camminavano lungo la banchina, Craig intravide George Davies; il fabbro stava trattando con un conoscente le modalità e il prezzo di vendita di alcune maniglie che, con tutta probabilità, erano dirette a Little Castle. L'agente sapeva che era stato lui il primo a riferire all'ispettore di aver visto Bennet aggirarsi per il paese, nei pressi della chiesa, e trovò divertente constatare come le coincidenze sembravano giocare a dadi con il destino delle persone.

Quando giunsero nell'ufficio trovarono l'ispettore pensieroso mentre teneva in mano un foglio telegrafato. Si trattava delle informazioni sul sospettato che Scotland Yard aveva da poco inviato. Con i fogli in mano fece cenno ai due di entrare e chiuse la porta alle loro spalle.

"Grazie Gordon, ottimo lavoro" disse al suo agente mentre lo invitava a sedere a lato della scrivania.

"Mr. Bennet, sono l'ispettore Dorian Bayley di Scotland Yard e devo rivolgerle alcune domande, pregandola di rispondere con sincerità se non vuole aggravare la sua posizione."

"Sono qui per questo" rispose togliendo il cilindro e sistemandolo con cura su un appendiabiti, dove finì appeso anche il bastone. Sembrava impassibile e controllava ogni gesto con molta attenzione. Quando sistemò la sedia si curò di non trascinarla ma la sollevò appena da terra, facendola aderire al pavimento senza provocare il minimo rumore. Sbottonò il cappotto e rimase a osservare la sua camicia, contrariato dal fatto che non fosse impeccabile; la sera prima, nel preparare i bagagli di fretta mentre Craig lo attendeva per portarlo al posto di polizia, aveva omesso di ricontrollare che tutto fosse sistemato a dovere.

"Lei si chiama Darrel Bennet, ha 52 anni e viene da Manchester. È un uomo facoltoso e un appassionato d'arte ma, allo stesso tempo, lavora per conto di Sir Donald Acton, anch'esso famoso collezionista ma con mezzi economici e appoggi politici ben superiori ai suoi. A suo carico non risultano gravi reati ma, circa tre anni fa, lei subì un processo dove fu accusato di aver corrotto un battitore d'asta per aggiudicarsi un oggetto di antiquariato".

Dorian Bayley aveva deciso di cogliere subito nel segno e affrontare le questioni entrando nel vivo senza girarci intorno.

"Era uno scudo bretone risalente al settimo secolo" rispose Bennet parlando a bassa voce "e sono lieto di comunicarle che fui assolto a pieno titolo da quell'accusa infamante. Inoltre ho messo a disposizione il reperto a diversi musei che me ne hanno fatto richiesta a titolo gratuito."

"Sappiamo anche questo" si affrettò ad aggiungere l'ispettore che non smise di fissare negli occhi il sospettato "e sappiamo anche che Sir Acton, oltre a nutrire una passione profonda per l'antiquariato, è affascinato dall'esoterismo e usa lei come intermediario per reperire libri e oggetti che si pensa essere dotati di potere magico; proprio come il manoscritto scomparso da casa di Adam Ford, sottratto lo stesso giorno del suo arrivo a Greystone. Cosa sa dirmi in proposito?"

Sotto i grossi baffi di Darrel Bennet spuntò un sorriso infastidito.

"Io sono un gentiluomo e se ha preso informazioni su di me chiunque può averglielo confermato. Potrebbe mai introdursi in casa altrui un uomo nella mia posizione? Chiedo scusa ispettore, ma il solo pensiero mi offende".

Dorian Bayley era nella linea di confine tra l'irritazione e la sorpresa. Il sospettato non aveva certo confidenza con gli interrogatori di polizia e la sera precedente era stato costretto, per la prima volta in vita sua, a passare la notte chiuso in una cella. Era stato coattivamente prelevato e portato a Greystone e ora era oggetto di insinuazioni difficili da tollerare per un esponente della sua classe sociale. Tuttavia non si scomponeva di

un palmo e l'unica preoccupazione sembrava essere rappresentata dalle pieghette della camicia.

"No, infatti, mi resta difficile crederlo, ma non ho detto questo …" confermò l'ispettore pronto a lanciare un'altra bordata "lei potrebbe aver incaricato qualcuno del luogo e, se fosse, la sua vecchia accusa di corruzione potrebbe sussurrarmi qualcosa all'orecchio …"

Il collezionista era pronto per ribattere ma Dorian Bayley lo anticipò.

"Sappiamo che è stato assolto, me lo ha già detto. Ma sa quante assoluzioni ingiuste ho visto negli anni?"

"Devo dedurre, ispettore, che lei non mi ha fatto scomodare dagli impegni a Little Castle per pormi qualche domanda, bensì per offendermi; sappia che queste illazioni trovano la mia più netta contrarietà".

Ancora una volta il tono di voce non lasciava trasparire il minimo accenno di rabbia.

"Non se ne dispiaccia" lo esortò l'ispettore in maniera bonaria "sto solo portando avanti un'indagine e mi mortifica sapere che le mie deduzioni la offendono; tuttavia, e glielo dico con estrema sincerità Mr. Bennet, l'esperienza mi suggerisce che tutta questa storia si trascina dietro una scia di mistero dalla quale è difficile credere che lei ne sia del tutto estraneo".

Senza aggiungere altro, l'ispettore si rivolse a Gordon, chiedendogli ragguagli su come era riuscito a rintracciare il sospettato a Little Castle. L'agente parlò con la solita chiarezza, ancora una volta senza la necessità di consultare appunti, mentre Dorian Bayley annotava tutto sul suo taccuino scuotendo di tanto in tanto la testa, in modo più accentuato quando l'agente raccontò che Darrel Bennet, alla sua vista, era fuggito di corsa.

Per la prima volta il volto del commerciante d'arte apparve teso.

"Vede signore" riprese l'ispettore con lo stesso tono col quale un maestro paziente insegna la vita al proprio apprendista "chi fugge ha sempre qualcosa da nascondere. E lei cosa aveva da nascondere?"

"La spiegazione è molto semplice: ho avuto paura."

"Paura di cosa?"

"Giro il Regno Unito per trattare la compravendita di pezzi rari, spesso molto costosi, e porto sempre con me una grossa somma in denaro. Immagini, ispettore, la reazione che ho avuto quando mi sono reso conto di essere seguito di sera da uno sconosciuto appena terminata un'a-

sta nella quale avevo acquistato un quadro che vale più di quanto la maggior parte delle persone riescono a guadagnare lavorando una vita intera."

"E mi dica" incalzò l'ispettore che voleva giocare come al gatto con il topo "perché mai lei non è andato a rifugiarsi nella locanda nella quale alloggiava, bensì in un'altra?"

"In realtà ero diretto proprio in quella locanda, poiché in paese è l'unico luogo dove è possibile telegrafare un messaggio, anche se dietro cospicuo pagamento. Dovevo avvisare Sir Acton che ero riuscito ad aggiudicarmi il quadro; erano anni che lo inseguiva e avrebbe pagato qualsiasi cifra per vederlo far parte della sua collezione."

Darrel Bennet sembrava avere una risposta a ogni obiezione, ma Dorian Bayley aveva nascosto due assi nella manica e decise fosse giunto il momento di gettarli sul tavolo.

"E immagino sia una coincidenza anche il fatto che lei abbia lasciato Greystone la mattina del 21 ottobre, poche ore dopo l'omicidio del bibliotecario della chiesa" esclamò con un velo di sarcasmo.

"Avevo organizzato degli appuntamenti a Little Castle, dove era in programma una settimana dedicata all'antiquariato, con aste e fiere appositamente organizzate. Avevo informazioni certe sul fatto che, fra merce di dubbio gusto, avrei trovato qualche pezzo di estremo interesse. Inoltre era girata voce sul fatto che *La dama con il demone* sarebbe stato messo all'asta proprio in questi giorni. Non stavo fuggendo e non c'entro nulla con l'omicidio, di cui sono venuto a conoscenza il giorno successivo parlando con la locandiera a colazione".

Dorian Bayley annotò le dichiarazioni, poi riprese.

"Dunque, immagino sia normale prenotare una camera fino al 26 ottobre pagando l'intero importo e andarsene il 21 senza avvisare il proprietario".

Bennet passò due dita per lisciare i suoi grossi baffi.

"Ispettore, se voi non aveste forzatamente anticipato il mio rientro, sarei tornato domani a Greystone, per poi ripartire il 26 per Manchester. Per questo motivo ho lasciato la camera prenotata. Per quanto riguarda i giorni pagati e non sfruttati, il mio datore di lavoro non si cura di questioni simili, che sono inezie rispetto allo scopo principale dei miei viaggi. Le sue disponibilità finanziarie sono enormi e spesso agisce in modo da sembrare sprovveduto, ma è solo una questione di opportunismo."

"E cosa è venuto a fare a Greystone? Non mi risulta che debbano esserci aste" riprese l'ispettore, cominciando a martellare con più decisione "glielo dico con estrema sincerità, sospettiamo che solo un oggetto potesse interessarla: il manoscritto rubato ad Adam Ford. Perché, al contrario di quanto si voglia far credere, rimango convinto che abbia un immenso valore."

"È vero, a Greystone non vi sono aste né eventi che riguardano l'antiquariato, ma Sir Acton è un noto appassionato di esoterismo, come lei ha poc'anzi confermato. Intorno a questo paese girano voci di strani fenomeni, non sempre identificati, che si manifestano con una certa frequenza. Parliamo di apparizioni, sedute spiritiche, evocazioni di anime defunte. Ero venuto a controllare quanto ci fosse di vero, essendo Greystone, inoltre, un passaggio quasi obbligato per raggiungere Little Castle."

"E cosa avrebbe scoperto in relazione a questi fenomeni?"

"Difficile vederci chiaro, ma sembra che le persone siano spaventate e preferiscano non raccontare molto. Esistono leggende e superstizioni che possono essere oggetto di studio per gli appassionati, ma non sono sufficienti pochi giorni per interpretarne le dinamiche e approfondirne i contenuti. Forse un giorno tornerò per studiare meglio questo aspetto. Sta di fatto che il principale obiettivo di questo viaggio era l'acquisto del quadro a Little Castle."

"Mr. Bennet" riprese Dorian Bayley in tono deciso. "lei è stato visto camminare nei pressi della chiesa il giorno precedente l'omicidio di Vernon Doyle. A parte tutte le sue elucubrazioni sull'arte e sull'esoterismo, riesce a immaginare quanto sia delicata la sua posizione oppure vuol continuare a farci credere che riesce a dormire sonni tranquilli?"

"Cosa le devo dire ispettore. Dov'è che si reca un appassionato d'arte quando va in un paese mai visto prima?"

Bayley non mosse un muscolo e continuò a fissarlo dritto negli occhi, allora Bennet proseguì.

"La chiesa è sempre un luogo di profondo interesse artistico. St. Patrick non è da meno e gli abitanti di questo paese dovrebbero essere fieri di ospitare un capolavoro di importanza storica e architettonica come questo".

L'ispettore finì di annotare le risposte, dopodiché si alzò e andò alla finestra, fissando in lontananza le alte colline, dove si andavano ad accumularsi enormi ammassi di nuvole nere.

'Fra poco in paese si abbatterà una tempesta' pensò con un chiaro riferimento metaforico.

Ben presto i fatti gli avrebbero dato ragione.

"Se non ha altre domande, ispettore, io andrei a riposare."

"Craig, accompagna il signore al piano seminterrato; alloggerà qui sorvegliato a vista" dispose Dorian Bayley rivolto verso l'agente, che aveva seguito l'interrogatorio con estrema attenzione.

"Mr. Bennet" disse infine dando le spalle al collezionista mentre si recava a passi rapidi verso la porta "lei non lascerà Greystone sino a nuova disposizione".

L'ispettore uscì sbattendo la porta alle sue spalle, dando volutamente l'idea di essere adirato. Appena fuori riaprì il taccuino e annotò una postilla in fondo agli appunti:

Mente sul vero motivo per il quale è venuto a Greystone.

Verso sera si udirono degli starnuti provenire dal corridoio. Dorian Bayley sbirciò dalla porta lasciata semi chiusa e vide Jacob tremante davanti la stufa accesa mentre tentava di scaldarsi strofinando le mani e alitandoci sopra con veemenza. Portava la divisa di ordinanza ma aveva una enorme sciarpa di lana intorno al collo. L'ispettore preparò una tazza con del tè e verso l'acqua bollente, lasciandola fumante sulla scrivania.

"Questa stufa è funzionante?" chiese al giovane agente indicandogli quella del suo ufficio.

Mentre prendeva posto sulla sedia di fronte la scrivania fece cenno di sì con la testa; strinse forte la tazza tra le mani e iniziò a sorseggiare il tè, cercando si scaldarsi le mani e lo stomaco.

"Immagino sia stato un appostamento lungo" esordì Dorian Bayley mentre prendeva due ciocchi di legna dalla catasta e li infilava nella stufa.

Prima di iniziare a parlare, Jacob sorseggiò di nuovo il tè, emettendo, alla fine, un sospiro di soddisfazione. Ringraziò l'ispettore e prese dalla tasca l'inseparabile taccuino.

"Ho seguito le sue istruzioni alla lettera, ispettore. Ho lasciato casa intorno alle 4 di ieri pomeriggio e mi sono diretto al Golden pub, dove ho bevuto una birra e scambiato qualche chiacchiera con il cameriere al bancone. Ho dato l'idea di essere lì a godermi il giorno di riposo. Ho dato un'occhiata intorno ma non ho notato nulla di rilevante. A quell'ora il locale era quasi deserto. Dopo circa un'ora sono uscito e ho iniziato a passeggiare per il paese; in giro c'erano poche persone, faceva molto freddo e il sole era quasi al tramonto. Mi sono diretto al cimitero e, con la scusa di far visita a uno zio che vi è sepolto, ho scambiato una battuta con Adam. Mi è sembrato tranquillo e per nulla sorpreso di vedermi. Era affaccendato con il suo lavoro, per cui ho salutato e fatto finta di allontanarmi, mentre mi sono appostato lungo un sentiero laterale da dove potevo tenere d'occhio l'ingresso senza essere visto. Il sospettato è rimasto al suo posto fino alle 18 e 30, quando ha chiuso il cancello del cimitero e si è diretto a casa. L'ho seguito da lontano e mi sono fermato a spiarlo dalle finestre sul retro dell'abitazione. Dopo aver cenato, la moglie e il figlio sono saliti al piano superiore, mentre lui è rimasto seduto in salone a bere qualcosa. Ha controllato più volte l'orologio e più passava il tempo più dava l'idea di diventare nervoso. A un certo momento si è messo a cercare qualcosa, non so cosa, ma ho visto che apriva cassetti e vetrine spostando oggetti e chincaglieria varia. Dopodiché è salito anche lui e ha spento le luci."

"Che ora poteva essere?"

"Tenevo d'occhio l'orologio; erano da poco passate le 22. Le confido, ispettore, che il freddo si era fatto molto pungente e ho iniziato a tremare come una foglia pur avendo indosso il cappotto più pesante, il cappello di lana e guanti alle mani. Lei mi aveva detto di seguirne gli spostamenti fino a sera e stavo quasi per andarmene visto che ero certo fosse andato a dormire senonché, prima di mezzanotte, in salotto si è nuovamente accesa la luce; era Adam. Dal modo in cui si era vestito ho capito che si apprestava a uscire. Da un armadio chiuso con un lucchetto ha preso una cinta con quello che credo fosse il suo coltello da caccia. Adam non ha mai fatto mistero di essere un appassionato di caccia e, ogni volta che ne ha possibilità, si perde tra i boschi in cerca di qualche preda da portare a casa. Certo, mi ha sorpreso che volesse uscire a quell'ora di notte e con un tempo da lupi come quello. Così ho continuato l'appostamento."

"A che ora è uscito?"

"Dopo circa venti minuti. Era come se stesse aspettando un'ora precisa per farlo, come se avesse un appuntamento."

"E le tue sensazioni si sono rivelate esatte?"

Jacob si sentì orgoglioso di aver catturato l'attenzione del suo superiore. Il calore che iniziava a sprigionare la stufa rendeva gradevole l'ambiente.

"Si, ispettore. Adam è uscito guardingo e si è diretto lungo il sentiero che si perde nel bosco dietro il cimitero. Ha superato una stradina che conduce a St Patrick Square, il ruscello in un punto poco conosciuto dove ci sono le vecchie rovine di un ponte risalente all'era romana ed è uscito dal bosco in prossimità di una mulattiera a metà strada tra la chiesa e la villa del giudice Owen."

"Questo è interessante. Lo stava attendendo qualcuno?"

"Qui iniziano le stranezze. Adam Ford si è avvicinato alla biblioteca e ha atteso qualcuno, che si è presentato poco dopo. Ma non era una persona, bensì due: il sindaco Montgomery Chapman e il giudice Frank Owen."

"Ne sei certo?" chiese sbigottito Dorian Bayley.

"Assolutamente, erano loro" rispose sicuro di sé.

Un lungo silenzio seguì alla enunciazione dei due nomi. Collegare tre uomini che all'apparenza non avevano legami tra di loro e, per di più, farlo a notte fonda vicino al luogo in cui si era consumato un delitto, sembrò all'ispettore una questione di estrema importanza da inscrire nelle indagini. Non voleva trarre conclusioni affrettate ma il caso stava prendendo una piega inaspettata.

"Continua" si limitò a dire.

"Hanno parlottato qualche minuto a bassa

voce; ero troppo distante e non ho potuto sentire nulla di quello che si sono detti, ma sembrava si stessero scambiando istruzioni per compiere un'azione. Era soprattutto il giudice Owen che dava direttive sbracciandosi e indicando come se avessero una mappa mentale da seguire. Dopo, si sono alzati i cappucci delle mantelle che tutti e tre indossavano e si sono diretti verso la porta della biblioteca che hanno aperto con una chiave.

Ecco dove erano finite le chiavi sottratte a padre Beathan' pensò perplesso Bayley.

"Mi ero nascosto dietro un albero a pochi metri ma le tende erano tutte tirate e, da quel momento, ho potuto scorgere solo ombre. Hanno accesso delle candele e girato parecchio tempo per la stanza. Dal modo in cui si muovevano giurerei che stessero cercando qualcosa."

"E secondo te l'hanno trovata?"

"Purtroppo non sono riuscito a capire molto. Uno dei tre si è sdraiato in terra, per un po' non l'ho più visto, poi si è rialzato e, poco dopo, si sono diretti all'uscita richiudendo a chiave. Mentre erano all'interno ho sentito dei rumori come se stessero spostando gli scrittoi e le sedie, null'altro."

"Chissà cosa stavano cercando" pensò ad alta voce Dorian Bayley "eppure sia io che Gordon abbiamo setacciato palmo per palmo la biblioteca e sono certo che non ci è sfuggito nulla; ma qualcosa doveva esserci se tre uomini nel cuore della notte hanno rischiato in quel modo per recuperarlo."

"Conosco Adam, ispettore, e posso garantire che si tratta di un uomo onesto. Quanto al giudice e al sindaco, possibile che si possano macchiare di un delitto così feroce? E, anche fosse, a che scopo?"

"È quello che dobbiamo scoprire. Sei stato molto prezioso Jacob; ora va a casa, fatti un bagno caldo e riposa. Io torno alla locanda, ho ancora del lavoro da sbrigare. Ci vediamo domani mattina."

"Vado e torno" sorrise l'agente passandosi la mano sui capelli "stanotte sono di turno."

"Quando tutta questa storia sarà finita, tu e Gordon vi sarete meritati una vacanza premio. A proposito, si sa quando sarà di ritorno l'agente Lambert?"

"Ha telegrafato proprio oggi; i medici hanno dato a sua madre pochi giorni di vita e lui è l'unico figlio. Ma se vuole posso scrivergli e richiamarlo in servizio."

"Non serve; domani inviagli un telegramma e scrivigli che può ritenersi in congedo per tutto il tempo che gli occorre. Vedrai che ce la caveremo lo stesso. Buonanotte Jacob."

"Buonanotte, ispettore".

Nel tardo pomeriggio, uscendo dal commissariato, Dorian Bayley si accorse di essere provato dalla lunga giornata trascorsa. Si era accorto che anche le palpebre dell'agente Young tendevano ad abbassarsi e presto i sui occhi si sarebbero chiusi in un lungo sonno improvvisato sulla scrivania dell'androne. Era cosciente di aver messo una pressione eccessiva a ragazzi abituati a risolvere semplici beghe tra contadini o sedare qualche rissa fuori dai pub, ma la gravità della situazione imponeva una risposta decisa e, soprattutto, celere. A Londra avrebbe potuto contare sull'appoggio di almeno venti agenti scelti, mentre a Greystone gran parte del lavoro doveva gestirselo da solo. Temeva che le tracce avrebbero iniziato a raffreddarsi molto rapidamente.

Prese di gran passo il sentiero che portava a Main street. La strada principale era deserta e solo dalla locanda si udivano urla isolate e qualche canto storpiato dall'alcol. Sollevò lo sguardo verso il cielo; fu pervaso da una sensazione di estraneità mai provata prima. Le nuvole si erano diradate e il riflesso flebile delle stelle filtrava come fossero candele votive che preannunciavano il ritorno dei defunti nella notte del Samhain. Un lieve bagliore rossastro si addensava quasi invisibile all'orizzonte che, lampi in lontananza, facevano rinvigorire per alcuni istanti. Si respirava un'aria densa di mistero. Anche il rumore ovattato dei passi sulla neve fresca creava un'impercettibile eco vibrante. Non gli risultava difficile comprendere come atmosfere del genere potessero influenzare le menti di persone semplici, di come fosse quasi logico accettare l'esistenza di una dimensione sovrannaturale in grado di spiegare il funzionamento del mondo, piuttosto che liberarsi di quanto lui pensava essere semplice suggestione e abbracciare una visione scientifica della vita. Dorian Bayley sapeva che la superstizione doveva la sua radicalità al senso di paura ancestrale che riusciva a sprigionare. Comprendeva come fosse semplice introiettare questo sentimento nelle menti indifese di chi doveva lottare ogni giorno per sopravvivere, alimentando la paura con la rabbia e la frustrazione di sentirsi inadeguati e vittime di una società ingiusta e classista. Greystone si presentava come una comunità sana e prosperosa. Esisteva una scuola e il livello di alfabetizzazione era più alto rispetto alla media del resto della Gran Bretagna. Anche il ruolo della chiesa sembrava determinante per educare i cittadini e renderli immuni da credenze mistiche. Padre Beathan era un prete piuttosto progressista; ascoltava con umiltà i problemi dei fedeli e preferiva elargire consigli e aiuto concreto piuttosto che usare la leva psicologica fondata sulla paura di punizioni divine o visioni orrifiche dopo la morte. Ma simile a una quercia secolare dalle lunghe radici ramificate in un terreno fertile, esisteva un germe nascosto che permeava l'aria di una vaga essenza irrazionale, come un veleno ad assorbimento lento che calava dall'alto provocando l'effetto di una cappa invisibile e inodore, che teneva prigioniero l'intero villaggio. Lui stesso ne avvertiva la presenza, piccole scosse indolori che gli sfioravano nervi sensibili del corpo. Vernon Doyle era stato assassinato da qualcuno che doveva avere un movente preciso, un omicidio basato sul più classico degli schemi criminali. Scoperto l'assassino, il caso sarebbe stato archiviato come uno dei tanti e lui avrebbe fatto ritorno a Londra per riprendere la vita di sempre. Ogni velo di superstizione si sarebbe sciolto come cera sotto la fiamma della verità, l'unica che Dorian Bayley conosceva e che ardeva alimentata dalla scienza e dal pensiero positivista.

Quando in lontananza sentì sparire i rumori provenienti dal pub, era giunto in prossimità di Kings Road; le luci delle abitazioni che si affacciavano sul corso erano spente e solo in lontananza si scorgeva una piccola lampada che illuminava l'insegna della locanda dove alloggiava. Gli altri due unici lampioni sonnecchiavano flebili all'ingresso della strada. A metà del corso si arrestò come colto da un presentimento. Il silenzio era quasi assoluto e il buio rendeva minaccioso ogni angolo nascosto. Tolse le mani dal cappotto e le fece scivolare piano lungo i bottoni, pronto ad aprirselo ed estrarre la rivoltella al minimo movimento sospetto. La luna era striata da un velo di alte nubi sottili e proiettava una debole luce cinerea. Riprese a camminare con circospezione, a passi cadenzati, cercando le deboli fonti di luce che apparivano a caso lungo la strada. Avvertì un leggero fruscio proveniente da dietro una siepe; estrasse la rivoltella e si avvicinò puntandola in quella direzione. Qualcuno era nascosto e si accingeva a saltare fuori. Anche se con difficoltà, si accorse che sul ciglio della strada non c'erano tracce di alcun tipo per cui, chiunque fosse, doveva essere giunto dal bosco. Poteva essere l'assassino che si aggirava nella zona in attesa di trovare l'occasione propizia per fuggire? O continuava a nascondersi nei paraggi per portare a termine la missione, come teorizzato dal dottor Burlow?

Quando si trovò a pochi passi dalla siepe, il fruscio si tramutò in un rumore più deciso. Con il palmo della sinistra strinse la mano che impugnava la rivoltella. Era indeciso se sparare un colpo di avvertimento o muoversi per sorprenderlo di lato. All'orizzonte un lampo illuminò di rosso acceso la parte più lontana del cielo, che sembrava cingere le alte colline nere che circondavano il villaggio nella zona a sud. Un balzo improvviso, seguito da un sibilo acuto, gli fece quasi perdere l'equilibrio ma riuscì a mantenere i nervi saldi e la pistola ben salda tra le mani. Un attimo prima di far fuoco si accorse di un felino che fuggiva a gambe levate e spariva in un giardino laterale saltando oltre una bassa staccionata. Dorian Bayley non ebbe modo di scaricare l'adrenalina che avvertì dei passi alle spalle. Si voltò di scatto, allungò il braccio ma un colpo ben assestato da qualcuno che si nascondeva nella notte, gli fece saltare la rivoltella di mano, che scivolò perdendosi tra le siepi. Di fronte intravide un uomo con un lungo mantello nero e un cappuccio sollevato che gli copriva il volto. Braccia vigorose stringevano un bastone caricato per colpire nuovamente e con la massima ferocia. Non potendo recuperare l'arma, si mise in posizione di difesa attendendo la prima mossa, che non tardò ad arrivare. Con un movimento rapido riuscì a spostarsi sulla destra evitando che l'arma lo colpisse in testa, ma la neve e la strada ghiacciata non gli consentirono di schivare del tutto il colpo. Il bastone lo colpì con forza sulla spalla, facendolo crollare in terra. Il comportamento del suo nemico era irruento ma poco calcolato. Aveva programmato di coglierlo alla sprovvista e fuggire via dopo pochi secondi ma, fallito il piano, si era lasciato prendere dal panico, affidandosi all'improvvisazione e agendo in maniera maldestra. Dati i trascorsi giovanili da boxeur, se lo avesse affrontato a mani nude, pensò Dorian Bayley, avrebbe potuto avere la meglio. Senza esitazione rotolò a sinistra facendosi leva con la spalla sana. La sua analisi si rivelò esatta. Un rumore sordo gli fece capire che l'aggressore aveva colpito quasi alla cieca, sprofondando il bastone nello spesso strato di neve. L'ispettore ne approfittò per fare la mossa inversa; sopportò il dolore lancinante alla spalla sinistra e riuscì ad afferrare l'oggetto contundente, che finì schiacciato sotto la pancia dopo che il nemico fu costretto a mollare la presa. Provò a rialzarsi facendo leva con la mano destra mentre cercava di afferrare il bastone con

l'altra ma il terreno ghiacciato lo fece scivolare sulle ginocchia e gli fece perdere a sua volta la presa sull'arma; fu in quel momento che avvertì un dolore pungente alla base del cranio. Fu come sprofondare in un luogo senza luce. Rimase in uno stato sospeso in cui sentì il suo corpo galleggiare senza più peso, trasportato da una corrente placida che sentiva scorrere sotto di lui. Smise di pensare e permise a quelle sensazioni avvolgenti di infondergli energie primordiali, le cui origini si perdevano nell'infinito scorrere del tempo.

Quando riaprì gli occhi impiegò alcuni secondi per mettere a fuoco l'ambiente circostante e capire di trovarsi sdraiato sul suo letto; seduti accanto, riconobbe i volti di Jacob e Gordon. Provò ad alzarsi ma una vertigine lo costrinse a poggiare la testa sul cuscino.

"Cos'è accaduto?" domandò con voce roca mentre si toccava una benda ben stretta che gli fasciava la testa.

Jacob si alzò e si avvicinò al letto rimanendo in piedi con l'elmetto in mano.

"Un cameriere della locanda è corso in commissariato e mi ha raccontato di aver prima sentito dei rumori e, subito dopo, soccorso un uomo ferito che giaceva in terra. Quando si è accorto che era lei, insieme al proprietario l'hanno por-

tata in camera e chiamato il medico, che le ha medicato la testa.”

“Quanto tempo è passato?”

“Circa due ore da quando l’hanno trovata”.

L’espressione del viso si contorse in una smorfia di dolore. Sentiva come una morsa stringergli la calotta cranica e la spalla sinistra gli doleva tutta indolenzita.

“Ricordo solo di essere stato aggredito” esordì guardando il soffitto e deglutendo a fatica “ho cercato di difendermi ma l’assalitore è stato più veloce ed è riuscito a colpirmi con qualcosa di pesante. A quel punto deve essere fuggito, forse perché si è accorto del cameriere che era uscito dalla locanda richiamato dai rumori. Il suo intervento tempestivo mi ha salvato la vita”.

Socchiuse gli occhi cercando di raccogliere i ricordi che, nel frattempo, iniziavano a riaffiorare.

“Avete per caso trovato un bastone?”

“Si, era sotto di lei. Chi l’ha assalita non ha avuto tempo di recuperarlo.”

“E questo ci svela un particolare importante” replicò l’ispettore, come se stesse solo pensando ad alta voce “se ha preferito fuggire piuttosto che recuperare il bastone è perché ha avuto paura di essere riconosciuto.”

"È probabile, quindi, che si tratti di una persona del posto" proseguì Gordon, dimostrando un'arguzia fuori dal comune.

Dorian Bayley annuì.

"Ma siamo certi che l'uomo che ha tentato di ucciderla sia lo stesso che ha assassinato Vernon Doyle?" chiese Jacob.

"E quello che dobbiamo scoprire" rispose l'ispettore "ma è ormai assodato che in questa faccenda sono coinvolte più persone, forse complici tra di loro. Jacob, domani voglio sapere se in paese esiste qualcuno esperto in commercio di antichità. Ora andate a riposare; ci vediamo domani sera in commissariato per fare il punto della situazione."

"Sarà fatto" assicurò Jacob mentre indossava l'elmetto di ordinanza.

Quando i due agenti lasciarono la stanza, Dorian Bayley si alzò; mise l'acqua sul fuoco, preparò una tazza con del tè e iniziò a tagliarsi un sigaro. Non era il momento di dormire; quello che doveva fare era raccogliere tutto il materiale accumulato e tentare di dargli un senso compiuto.

27 Ottobre 1884 - Lunedì

"Stiamo lavorando su tre fronti" esordì Dorian Bayley "il primo riguarda il furto del libro in casa di Adam Ford, il secondo la sparizione dell'ispettore Nevil Morgan e, infine, c'è l'uccisione di Vernon Doyle. È ormai assodato che i tre eventi siano collegati, anche se non riusciamo ancora a venirne a capo. Per questo vi ho convocato a quest'ora; il buio e il silenzio sono una fabbrica di idee."

L'agente Craig e l'agente Young erano stati convocati alle 10 di sera nell'ufficio di Dorian Bayley. L'iniziativa era stata presa dall'ispettore, che desiderava rimettere insieme i principali indizi raccolti e iniziare a formulare ipotesi più strutturate riguardo gli accadimenti succeduti a Greystone. L'aggressione lo aveva provato anche se non aveva riportato alcuna frattura e la testa ancora gli doleva; l'urgenza di risolvere il caso, tuttavia, gli impediva di perdere anche solo un minuto.

La giornata era passata senza troppi sussulti, con l'ispettore ancora convalescente per la forte contusione che lo aveva mandato al tappeto la sera precedente.

Jacob Young era riuscito per vie traverse a far

recapitare un messaggio a un esperto d'arte di Little Castle, di nome Edmund Vinson, in cui si chiedeva la disponibilità a prendere un appuntamento per la mattina successiva. La risposta non si era fatta attendere e un telegramma di ritorno contenente l'indirizzo e l'ora dell'incontro era stato fatto recapitare all'agente nel giro di due ore, a firma del segretario del professor Vinson.

Per quanto riguardava lo stato delle indagini, se da una parte avevano individuato già due sospettati sui quali pendevano indizi piuttosto seri, dall'altro non c'era nulla che collegasse tutti gli episodi accaduti a uno o più protagonisti. Una lettura ragionata degli indizi raccolti portava a una serie di domande che non avevano ancora una risposta. Se l'assassino era Darrel Bennet, chi lo aveva aggredito vicino la locanda considerando che in quel momento era in stato di fermo? Poteva per caso essere stato un complice? E se sì, qual era la sua identità? Se invece l'autore dell'omicidio era Adam Ford, perché mai aveva rischiato di farsi scoprire tornando in piena notte in biblioteca insieme a personalità del calibro del giudice Owen e del sindaco Chapman?

"Prima ancora di fare il punto della situazione, però" proseguì Dorian Bayley dopo aver dato una lunga tirata al sigaro "vi devo ringraziare di

cuore per la dedizione e l'impegno con i quali state affrontando questa indagine. Immagino che da queste parti non siate abituati a una tale quantità di lavoro straordinario, tra l'altro proprio ora che siete soltanto in due. Ma se c'è una cosa della quale sono certo in questo paese, dove tutto appare così criptico e misterioso, è che posso fidarmi di voi."

Jacob Young non stava più nella pelle e dondolava con il busto come un bambino in procinto di mettere in bocca un dolce al cioccolato. L'ispettore, d'altronde, era un fine conoscitore della psiche umana prima ancora di essere un segugio irriducibile, cosa che gli aveva fatto guadagnare la stima del corpo di polizia londinese che lo riteneva, a ragione, uno dei suoi migliori detective. Aveva appreso quanto fosse importante motivare i suoi collaboratori, tanto più il caso apparisse complesso ed era in grado di modulare con maestria il livello di tensione al quale erano sottoposti, alternando momenti di frenetico impegno ad altri dove ci si poteva concedere una battuta o un sorso di tè.

A dispetto del freddo che appannava i vetri delle finestre, dentro l'ufficio la temperatura era gradevole. Dorian Bayley aveva tenuto in vita la stufa tutta la sera e l'aria secca era una benedizione rispetto al freddo umido che si respirava all'aperto.

"Forse non ci stiamo occupando abbastanza della sparizione dell'ispettore Nevil Morgan" azzardò Gordon Craig.

"Così pare" rispose Dorian Bayley "ma, a meno di improbabili colpi di fortuna, temo che per mettere insieme i pezzi di questo rebus occorra risalire alle cause che hanno determinato questa situazione; personalmente ritengo che la sparizione di Nevil Morgan sia soltanto una conseguenza."

"Crede che sia stato ucciso, ispettore?"

"Purtroppo lo ritengo probabile e, d'altronde, l'alternativa sarebbe soltanto di poco migliore."

"Vale a dire?" domandò Craig.

"Vale a dire che è coinvolto nella sparizione del libro e nell'omicidio di Vernon Doyle, per cui mettiamola così: la sua morte ne proverebbe l'innocenza, mentre ogni altro caso ne aggraverebbe di molto la posizione."

Fu pronto ad accogliere le proteste dei due agenti che, invece, non dissero nulla.

"Questi sono i fatti" proseguì aprendo il taccuino che aveva depositato sulla scrivania.

"Tutto ha inizio lunedì 13 ottobre: Adam Ford, il custode del cimitero, denuncia il furto di un li-

bro presso la sua abitazione. Si tratta di un mano-scritto esoterico che sembra non avere un grande valore economico. Del caso se ne occupa Nevil Morgan in persona, che coinvolge l'intero commissariato come se si trattasse di una faccenda della massima importanza."

"Esatto" concordò Jacob Young.

"Tuttavia, dopo 5 giorni, vale a dire sabato 18 ottobre, lo stesso Nevil Morgan scompare nel nulla. L'ultimo a vederlo, proprio la mattina del 18, è il giudice Frank Owen, suo amico. Quando l'ho interrogato non ha saputo dirmi nulla che potesse aiutarmi, come d'altronde nessun altro in tutto il paese."

I due agenti annuirono.

"Ed ecco la prima stranezza: il giudice Owen nasconde qualcosa. Dice di non avere idea su dove Nevil Morgan si stesse recando il giorno in cui ha fatto perdere ogni traccia; la domestica Margaret, però, mi ha confidato di essere certa che l'ispettore non si stava dirigendo in commissariato, ma si apprestava a fare qualche sopralluogo. Un sopralluogo che, con tutta probabilità, gli è costato caro."

Dorian Bayley si alzò dalla scrivania provando un forte giramento di testa ma, ignorando le regole del buon detective, tirò fuori dallo sportello di un armadietto tre bicchierini nei quali versò del Brandy. A Jacob Young brillarono gli occhi.

"Ogni tanto ci vuole" esclamò porgendo i bicchieri ai suoi collaboratori.

"Alla vostra."

Dopo aver buttato giù due sorsi proseguì.

"La notte fra il 20 e il 21 ottobre accade quello che ben sapete. Il custode della biblioteca, Vernon Doyle, viene ucciso in modo brutale in chiesa e il suo cadavere rinvenuto vicino l'altare la mattina successiva. Ed ecco la seconda stranezza: le porte sono chiuse dall'interno e non ci sono segni di scasso. Ho effettuato due sopralluoghi e sono certo che non via siano altre uscite, visibili o nascoste. Eppure l'assassino è riuscito a fuggire. Vicino al corpo ho trovato un piccolo crocefisso sporco di sangue, un frammento in oro raffigurante la lettera greca "Ω" e del terriccio che, con certezza, non appartiene a quello presente nel giardino antistante, in quanto di colore più chiaro, quasi rossiccio, e di diversa consistenza. Inoltre, in sagrestia, vicino il corridoio che collega la chiesa alla biblioteca, c'era una sedia rovesciata e una lampada al cherosene andata in frantumi; in biblioteca, infine, ho rinvenuto questa strana sostanza erbosa su una mensola e, in terra, Gordon ha ritrovato un calice vuoto."

L'ispettore tirò fuori dal cassettino una bustina con i residui della sostanza e una con il piccolo frammento d'oro, oltre al calice di legno, che lasciò sulla scrivania affinché gli agenti potessero farsene un'idea, poi proseguì la sua ricostruzione.

"Al momento la dinamica più credibile è questa: è notte fonda, il dottor Burlow fa risalire l'ora del decesso tra le 3 e le 5, e Vernon Doyle si trova in biblioteca, non sappiamo a fare cosa. A un certo punto scorge l'assassino che lo attende nascosto da qualche parte e fugge terrorizzato. Ha in mano una lampada a cherosene, che gli cade in terra quando, giunto in sagrestia, urta una sedia. Le candele in chiesa sono tutte spente, dato che le ho trovate con gli stoppini ancora bianchi. Vernon Doyle conosce alla perfezione le stanze, che frequenta sin da piccolo, e riesce a raggiungere l'altare, dove si ferma e si volta. Viene allora raggiunto dall'assassino, che ha in mano un coltello con una lama spessa almeno mezzo pollice, forse un modello da caccia; si avvicina e gli infigge un primo colpo alla gola, che si rileverà quello mortale. Quando si è attaccati con un'arma bianca e non si ha nulla con cui difendersi, istintivamente si portano avanti le mani come forma di protezione. Sui suoi palmi, tuttavia, non ho trovato che tagli superficiali che si è provocato stringendo il crocefisso in oro che portava sempre al collo, per cui dobbiamo supporre che Vernon Doyle non lo abbia visto partire. Mentre è agonizzante in terra l'omicida si posiziona sopra di lui, si piega sulle ginocchia e lo colpisce altre due volte aprendogli lo stomaco; la vittima muore nel giro di pochi secondi. La traiettoria dei colpi indica che l'assassino usa la mano destra, mentre la volontà di infierire ci fa capire che siamo in presenza di un individuo senza scrupoli e con chiari sintomi di pazzia."

"Come sapeva l'assassino che avrebbe trovato Vernon Doyle a quell'ora di notte? Padre Beathan ci ha riferito che aveva disposizione di chiudere la chiesa intorno alle 8 e 30" chiese dubbioso Gordon Craig.

"È un'ottima domanda, su cui mi sto arrovellando sin dal primo momento. Sono certo che, una volta che avremo trovato la risposta, avremo scoperto l'assassino."

L'ispettore vuotò il bicchiere e lo riempì un'altra volta, poi lasciò la bottiglia sulla scrivania in modo che ognuno fosse libero di servirsene.

"Andiamo avanti. Nell'ufficio dell'ispettore Morgan, così come in casa, e passiamo a un altro particolare del tutto singolare, non ho trovato nulla riguardante l'indagine sulla scomparsa del manoscritto. Tuttavia qualcuno si è preso il disturbo di seguirmi sino a lì per spiarmi …"

"Forse è la stessa persona che poi l'ha aggredita" interruppe Jacob Young, come se avesse avuto la più illuminante delle intuizioni.

"Lo escludo con certezza; oggi pomeriggio, contravvenendo alle disposizioni del medico, sono uscito per controllare le impronte lasciate dall'aggressore sulla neve. Prima che mi aggredisse avevo notato che non c'erano tracce sulla strada per cui, chiunque fosse, era arrivato passando dal bosco. Ebbene, sono diverse, più piccole rispetto a quelle trovate all'esterno dall'abitazione di Nevil Morgan, che appartenevano con tutta probabilità a un uomo di corporatura grossa. In realtà è dal mio arrivo a Greystone che ho l'impressione di essere seguito e, di solito, su queste cose non sbaglio."

"È incredibile come gli indizi e le tracce creino più domande di quante risposte riescano a dare" fece Craig mentre l'ispettore si era fermato per dare voce ai due agenti.

"Ogni azione ha una sua logica e ogni avvenimento una causa. Mettendo insieme i pezzi verrà fuori un quadro coerente. Occorre avere pazienza e analizzare ogni particolare, anche quello che ci sembra meno importante. Arriviamo al funerale di Vernon Doyle" proseguì cambiando discorso "durante la funzione qualcuno, senza farsi notare, mi ha infilato in tasca questo biglietto."

Tirò fuori dal cassetto della scrivania un foglio che aprì e stese in modo che Gordon e Jacob potessero leggerne il contenuto. C'era scritto:

"I Invocazione, II apparizione, III imprigionamento, IV cacciata negli inferi."

"Osservate" disse ai due agenti "e ditemi se riuscite a carpirne il significato."

Gordon Craig scosse la testa. Jacob Young sembrava invece cercare un fantasma nascosto fra i meandri della sua memoria.

"Ho la sensazione di averlo già sentito" azzardò "ma non riesco a ricordare dove e quando."

"Speriamo ci possa dire di più l'esperto di antichità che incontrerò domani. Al momento ho preferito tenere per me questa informazione perché sembra evidente che qualcuno stia cercando di aiutarci, ma non vuol farsi identificare, forse per paura."

La fiamma della stufa si era fatta più debole e l'ispettore si alzò per aggiungere un altro grosso ciocco di legno; poi tornò a sedere.

"Dobbiamo scoprire l'autore di questo biglietto, perché è probabile che sia al corrente di infor-

mazioni importanti.”

“Da dove partiamo?” chiese Gordon Craig.

“In questo momento sono confuso e ancora scosso per via dell'aggressione, ma vi chiedo di riflettere non appena ne avrete la possibilità. Studiate bene la calligrafia, potrebbe tornare utile.”

“Poi c'è Darrel Bennet” riprese la parola Craig “cosa pensiamo di fare con lui?”

“Darrel Bennet è tra i maggiori sospettati. Sono troppe le coincidenze che lo incastrano e, anche se ho dei dubbi sul fatto che possa aver ucciso, lo terremo qui sino a che non scopriremo il vero motivo che l'ha portato a Greystone.”

“E Adam Ford?” chiese Jacob.

“Anche la posizione di Adam Ford va chiarita. Su di lui pende un'ombra ingombrante. La notte dell'omicidio è stato visto aggirarsi tra i boschi che separano la sua casa dalla chiesa. Anche se la fonte non gode di massima credibilità, dobbiamo crederci, fino a prova contraria. Mi piacerebbe sapere, inoltre, quali rapporti lo legano al giudice Owen e al sindaco Chapman, con i quali, la notte scorsa, è entrato in biblioteca in cerca di qualcosa. Penso che presto tornerò a fargli visita.”

Jacob Young dava evidenti segni di stanchezza. Sembrava più che mai goffo nei suoi tentativi di smorzare sul nascere ogni sbadiglio, ma i suoi occhi arrossati parlavano chiaro.

"Ora andate a riposare, ne avete tutto il diritto e domani prendetevi la mattinata libera, purché riflettiate con calma sulla situazione e cerchiate di capire cos'è che ci sta sfuggendo, in particolare tu Jacob, che sei a Greystone da più tempo e conosci meglio le abitudini e le particolarità di questo paese."

Nell'udire il suo nome, Jacob Young ebbe un sussulto.

Quando i due poliziotti uscirono, Dorian Bayley era così provato da riuscire a considerare soltanto quali fossero i suoi bisogni più immediati: fare un lungo riposo e non abbandonare mai più la sua rivoltella.

28 Ottobre 1884 - Martedì

"Il signore la riceverà a momenti".

La governante lasciò un vassoio sul tavolo e si allontanò con discrezione. Dorian Bayley notò l'incredibile varietà di libri ordinati con cura meticolosa che arredavano ogni parete della stanza. In un angolo vicino al camino due cornici intarsiate adornavano antiche mappe geografiche, mentre su un basso tavolino a tre zampe un supporto espositivo sorreggeva i resti di una lastra in pietra incisa con motivi geometrici.

"Il mappamondo di Babilonia!" esclamò con tono estasiato un uomo che, nel frattempo, aveva raggiunto l'ispettore "è la rappresentazione più antica oggi conosciuta e risale al VI secolo prima di Cristo. Come potrà notare, ispettore, Babilonia si trova al centro ed è circondata dal mitologico fiume Oceano, mentre i triangoli disegnati all'esterno rappresentano isole e altre terre emerse. Si tratta di una visione simbolica, s'intende, ma dimostra la passione con cui alcune menti brillanti fossero animate dal desiderio di conoscenza sin dai tempi più antichi. Osservi ancora" aggiunse Edmund Vinson mentre si avvicinava alla parete in cui erano appese le altre due mappe. Era un elegante uomo di piccola statura, tra i cinquanta e i cinquantacinque anni, molto magro, con corti capelli neri e occhi scuri penetranti. Un paio di baffi all'insù, curati in maniera maniacale, lo caratterizzavano al punto che sarebbe stato possibile riconoscerlo in mezzo a una folla. Possedeva un piglio professorale e parlava con tono pacato ma sicuro.

"Questa possiamo definirla la nascita della geografia" riprese indicando la riproduzione in basso "e rappresenta il sunto del sapere di Claudio Tolomeo, un famoso astronomo e geografo egiziano. Risale al II secolo dopo Cristo, eppure dimostra quale incredibile precisione si fosse raggiunta nel calcolo dello spazio. Noti soprattutto l'area del Mediterraneo, dell'Africa e del nostro continente. Qui, infine" spostò l'attenzione sul secondo quadretto posto subito sopra "conservo una copia della famosa *mappa mundi*, una visione teologica del mondo, ma pur sempre un capolavoro artistico del tempo. Se ne ignora la datazione, ma deve essere stata redatta tra il XII e il XIV secolo dopo Cristo. Inutile aggiungere che siamo in presenza di tre copie, ma perfette in ogni minimo dettaglio, degne di essere esposte in un museo. Sfido un qualsiasi profano a certificarne la non originalità".

Sir Edmund prese posto sul divano e invitò il suo ospite a fare altrettanto. Non appena l'ispettore si accomodò, l'esperto di antichità versò il tè in due tazze di porcellana e gliene porse una, indicandogli il contenitore dello zucchero e del latte.

"Mi perdoni se l'ho tediata ma a volte ho la tendenza a lasciarmi andare e mi accorgo di essere troppo prolisso."

"Al contrario" riuscì a prendere la parola Dorian Bayley "la sua breve lezione mi ha molto incuriosito e non fa che confermare quanto la sua fama sia ben meritata".

A Edmund Vinson brillarono gli occhi. Sorseggiò il tè nell'attesa che l'ispettore gli svelasse il motivo per cui aveva chiesto un appuntamento con tanta urgenza.

I dolori alla testa e alla spalla erano quasi spariti e questo rendeva Dorian Bayley libero di pensare. Sir Edmund avrebbe potuto aiutarlo a sbrogliare una delle ultime matasse ancora aggrovigliate nella sua testa e permettergli di aggiungere al quadro d'insieme un tassello fondamentale. Oltre a essere un rinomato battitore d'asta, infatti, Edmund Vinson era considerato uno dei massimi conoscitori di testi antichi dell'intera contea. Si ritrovò a lodare il lavoro di ricerca di Jacob.

"Conosce un autore chiamato *Ambactus Danu*?"

Sir Edmund sospirò poggiando la schiena sul divano, mentre apriva un porta oggetti d'argento che conteneva dei sigari e due pipe.

"Si serva pure" lo invitò mentre portava in bocca una pipa in legno di mogano "questa mi aiuta a pensare".

Dorian Bayley prese un sigaro e lo tagliò accuratamente. Alla prima generosa boccata ne apprezzò l'aroma speziato e il gusto esotico.

"Come avrà lei stesso dedotto, ispettore, *Ambactus Danu* non è il vero nome dell'autore. Possiamo considerarlo tale per convenzione ma, dato lo stile differente usato per redigere i suoi lavori, è probabile che dietro questa sigla enigmatica si nascondano più persone."

"Più di un autore?"

"Senza dubbio; storicamente *Ambactus Danu* era il nome di un'antica setta esoterica, nata in Inghilterra intorno al XV secolo come reazione alla nascente politica oltranzista della chiesa Cattolica, che iniziava a celebrare i primi processi della Santa Inquisizione. Danu è il nome celtico di Dana, la Dea madre universale, mentre gli Ambactus erano i suoi servi, o adoratori. Chi aderiva alla setta, dopo un lungo percorso iniziatico, otteneva il titolo di "adoratore e cavaliere difensore della grande Dea Dana" e propendeva a un ideale religioso universale fondato sul principio di una forza che irradia ogni essere animato e inanimato dell'universo. Il loro pensiero di divinità sfociava in qualcosa di profondamente spirituale e non concettualizzabile. Oltre a ciò, i membri di questa setta guardavano con interesse a diverse altre mistiche precristiane, tutte rifacentisi a un naturalismo primordiale, in cui la madre terra era l'unico dogma riconosciuto; in una visione olistica dell'universo, erano anche raffinati conoscitori delle misteriose discipline alchemiche e delle antiche arti magiche, che praticavano quasi sempre a fin di bene. I membri degli *Ambactus Danu* si consideravano depositari di un sapere tramandato per via generazionale, un sapere finalizzato al mantenimento dell'equilibrio naturale delle cose."

"Quasi sempre" sottolineò Dorian Bayley, estrapolando le due parole dal contesto.

"Ispettore, per quanto elevato possa essere un ideale, rimane sempre vivo il pericolo che una mente corrotta possa distorcerne il significato originario e tramutarlo in qualcosa di molto diverso."

"Esiste ancora questa setta?"

"Chi può saperlo" rispose Sir Edmund dopo aver terminato il tè "praticare arti magiche o perseguire una conoscenza che contrasta con il credo ufficiale può rivelarsi molto pericoloso."

"Lei cosa ne pensa?"

"Credenze di questo tipo sono nate agli albori della nostra storia. Pensare che possano estinguersi lo ritengo quanto meno un azzardo. Mi sta chiedendo se una setta del genere può ancora essere in vita e operare concretamente? Direi che è possibile. Non vedo perché no ... non vedo perché no."

"Cosa sa del manoscritto di *Ambactus Danu*?"

Sir Edmund versò una seconda tazza di tè all'ispettore, poi fece altrettanto con la propria.

"Se parla di uno in particolare, le rispondo che non ha alcun valore, né magico né tanto meno economico".

Dorian Bayley rimase sorpreso e sgranò gli occhi. Non si aspettava una risposta del genere ma, nella sua mente, fu come posizionare un minuscolo ingranaggio mancante in grado di mettere in moto l'intero meccanismo.

"Intende dire che ne esistono più copie?"

"Al contrario" si affrettò a puntualizzare il professore ispirando la pipa spenta. "Al mondo esiste una sola copia del manoscritto che, tuttavia, fa parte di una serie di quattro libri. Se vuole conoscerne il valore economico le rispondo nessuno, se valutato separatamente; l'intera collezione, al contrario, ha un valore inestimabile."

"Ne conosce il contenuto?"

"In passato ho tentato di approfondirne lo studio, anche se non sono mai stato in grado di accedere agli originali. Per questo motivo la mia conoscenza può rivelarsi incompleta. I quattro manoscritti contengono una serie di rituali che sarebbero in grado di sconfiggere pericolose entità demoniache. La particolarità sta nel loro essere dipendenti l'uno dall'altro. In pratica ogni singolo manoscritto contiene solo una parte del rituale e, preso nella sua singolarità, non sortisce alcun effetto anzi, potrebbe scatenare accadimenti nefasti. Nel caso di celebrazione comunitaria, seguendo la corretta sequenza temporale e solo dopo una profonda preparazione, possono divenire un formidabile strumento magico. L'idea di trascrivere una formula esoterica suddividendola in quattro testi non indipendenti fu dovuta, con probabilità, alla volontà degli autori di impedire che un solo uomo potesse accentrare nelle proprie mani un potere tanto spaventoso. Di fatto mai nessuno ha posseduto tutti e quattro i libri insieme. Molti vi hanno provato, è chiaro, ma hanno sempre trovato una resistenza eccezionale da parte dei rispettivi proprietari, interessati più alla salvaguardia delle credenze e dei dogmi in essi racchiuse che al loro potenziale valore economico."

"Conosce i titoli dei quattro manoscritti?"

"Certamente" rispose sicuro di sé Edmund Vinson "anche se, a onor del vero, i libri non hanno veri e propri titoli; chi li ha redatti si è limitato a classificarli. Per amor di precisione" aggiunse prendendo un foglio di carta e un calamaio "glieli riporto qui di seguito di modo che in futuro potrà tenerne memoria. Al momento ignoro chi siano i proprietari."

"Lei crede nel loro potere esoterico?" domandò Dorian Bayley mentre piegava il foglio e lo infilava nella tasca interna del cappotto. Quello che aveva adocchiato prendendo il foglio in mano lo fece trasalire, ma preferì rimandare a dopo la questione.

Sir Edmund non parve sorpreso della domanda; infilò una mano nel porta oggetti e con due dita afferrò un pizzico di tabacco, che sistemò con metodo nel fornello della pipa; infine l'accese e ne ispirò con calma l'aroma dolciastro, che in breve tempo si diffuse nella stanza.

"Ispettore, mi sono dedicato allo studio dei

manoscritti antichi da quando avevo tredici anni. Posso dire di essere ferrato in quasi tutte le discipline umanistiche. Questa passione, tuttavia, non mi ha mai impedito di abbracciarne una in assoluto. Mi affascina lo studio della magia e dello spiritismo e sono convinto che la scienza possa essere uno strumento utile per comprenderne le dinamiche che si celano dietro a essi. La mia esperienza di studioso mi suggerisce che fenomeni del genere vadano compresi e rispettati, essendo la nostra società ancora ben lontana dal poter dare risposte definitive a domande che ci poniamo da secoli, se non da millenni."

"Sir Edmund, la ringrazio per avermi ricevuto. È stato molto utile alle mie indagini."

"Sono grato a lei di avermi dato l'occasione di intrattenere una discussione tanto stimolante. Non esiti a tornare nel caso in cui ne avesse ancora bisogno".

Uscito dal cancello dell'abitazione, Dorian Bayley fece cenno a un vetturino di avvicinarsi. Prese posto all'interno della vettura e chiuse lo sportello, nell'attesa che il cocchiere riprendesse la strada per Greystone. All'ultimo istante, tuttavia, decise di cambiare destinazione; prima di tornare in commissariato voleva incontrare Madame Eleonor che, ne era certo, doveva sapere molto più di quanto avesse voluto far intendere la prima volta.

Prese il misterioso foglietto senza autore, che qualcuno gli aveva infilato in tasca al funerale di Vernon Doyle, e lo confrontò con quanto scritto da Sir Edmund. Su entrambi erano riportate le stesse parole:

"I) Invocazione II) Apparizione III) Imprigionamento VI) Cacciata negli inferi".

Occasione, mezzi e movente, pensò Dorian Bayley mentre veniva sballottato a causa della strada impervia ridotta, in alcuni punti, a un campo di patate. Iniziava a rimpiangere di aver preferito la carrozza al treno, anche se i bellissimi paesaggi innevati della campagna lo riconciliavano con il mondo. Se non fosse stato per i fastidiosi cigolii delle ruote sconnesse, si sarebbe goduto alcune ore di totale pace dei sensi.

La scoperta appena fatta chiudeva il cerchio dei suoi sospetti. Adam Ford aveva mentito più volte; il valore dei manoscritti, la presenza in paese di Darrel Bennet, il furto e la sparizione dell'ispettore Morgan disegnavano un quadro coerente, dove ogni pezzo sembrava incastrarsi perfettamente.

Il commerciante d'arte era giunto a Greystone su commissione di Sir Donald Acton, intenzionato ad acquistare l'intera collezione degli *Ambactus Danu*. Data la posta in gioco, il noto collezionista aveva lasciato carta bianca a Darrel Bennet sia sull'ammontare della spesa che avrebbe dovuto sostenere, sia sulle modalità di acquisizione dei preziosi manoscritti. Da par suo, giudicandolo idoneo dopo aver preso informazioni, Darrel Bennet aveva contattato Vernon Doyle; venuto a sapere dell'impossibilità di aprire normali trattative con i proprietari dei libri, tuttavia, dietro promessa di un alto compenso, il commerciante lo aveva convinto a rubarli su commissione. Non vi era più dubbio sul fatto che il furto in casa dei Ford portasse la firma proprio di Vernon Doyle. Rimaneva da chiarire la posizione di Nevil Morgan; Dorian Bayley non escludeva che una ricca ricompensa e la possibilità di mettere le mani sui quattro manoscritti avessero convinto l'ispettore a far parte del piano. La sua inclinazione verso lo spiritismo poteva essere stata una leva psicologica fondamentale per convincerlo a infrangere la legge. In tutta la vicenda non bisognava dimenticare che Darrel Bennet vedeva nella collezione solo un investimento economico, non essendo un sostenitore né dello spiritismo né della magia, pratiche a cui non credeva e a cui non dava alcun credito. Adam Ford, tuttavia, scoperto l'autore del furto, nel tentativo di tornarne in possesso e potendo agire indisturbato di notte armato con il coltello da caccia, aveva prima ucciso Vernon Doyle, forse al culmine di una colluttazione, e successivamente l'ispettore Morgan, reo di essersi messo sulle sue tracce e certo che non avrebbe permesso di insabbiare un caso di omicidio senza tradire la sua natura di uomo di legge. A questo punto Bennet, venuto a conoscenza del primo omicidio, era fuggito a Little Castle con la scusa delle aste organizzate in quella settimana, in modo da crearsi un alibi per quando avrebbe fatto ritorno a Greystone, con la speranza, rimasta viva, di mettere le mani sulla collezione. Anche se non avrebbe mai avallato un omicidio, infatti, era troppa la brama di portare a termine un affare che gli avrebbe garantito un guadagno di sicuro rilievo, forse più di quanto lui stesso riuscisse a immaginare. Non avendo potuto recuperare il libro subito dopo l'uccisione di Vernon Doyle, Adam Ford, aiutato in questo dal giudice Owen e dal sindaco Chapman, suoi complici o semplicemente suoi amici, era infine tornato di notte in biblioteca. Era probabile che la ricerca non avesse sortito gli effetti sperati, visto che lui stesso aveva già setacciato a fondo le stanze senza trovare riscontri; a meno che, rifletteva, il libro non fosse stato nascosto utilizzando il più semplice dei sistemi: sistemarlo in uno degli scaffali, confondendolo con gli altri e facendolo passare per un semplice libro consultabile.

Le indagini, però, avevano portato a galla i troppi errori commessi, facendo sì che gli alibi fossero smontati e i fatti perdessero di coerenza e credibilità una volta incrociati tra di loro.

Adam Ford doveva sapere chi fossero i proprietari degli altri manoscritti e questo li esponeva a un grande pericolo, perché l'addetto al cimitero aveva già dimostrato di non farsi scrupolo a eliminare chiunque potesse scoprire la verità e denunciare tutto alla polizia. Dorian Bayley sapeva che, una volta infranto il tabù che impedisce a un uomo di togliere la vita, la possibilità di una recidiva diventava più che probabile. Anche il dottor Burlow concordava con questa teoria quando aveva parlato di "missione da portare a termine".

In quest'ottica, il quasi certo omicidio di Nevil Morgan diveniva una semplice conseguenza incidentale. Per quanto sentisse di avere in mano elementi sufficienti per chiudere il caso e per quanto conoscesse il pericolo di tenere a piede libero Adam Ford, Dorian Bayley decise di non procedere con alcun arresto. Per ritenere complete le indagini, doveva prima chiarire la posizione di tutti i sospettati e il peso che ognuno di essi aveva avuto nella vicenda. Subito dopo aver fatto visita a Madame Eleonor si sarebbe precipitato in commissariato per mettere al corrente i suoi agenti circa gli sviluppi di cui era venuto a conoscenza e fare in modo che i principali indiziati fossero pedinati giorno e notte.

Poco prima di giungere a Greystone controllò con attenzione che la rivoltella fosse carica. Chiese al cocchiere di lasciarlo sul limitare del bosco, nel punto in cui iniziava il sentiero che conduceva alla proprietà di Madame Eleonor. Celebrò il solito rito, sollevando il bavero e infilando le mani nelle tasche profonde del cappotto, poi si incamminò a passo veloce fin quando i raggi del sole smisero di filtrare tra la vegetazione che, da quel momento, diveniva fitta come un ammasso di corde intrecciate.

Dopo circa trenta minuti si ritrovò nella radura spoglia; sentiva i piedi congelati per via del freddo e della neve compatta. Proseguì lungo il sentiero fino a quando vide una luce più intensa infrangersi sui tronchi degli alberi. Capì di essere giunto a destinazione. Tutto intorno regnava il silenzio, anche se il comignolo fumante era prova che in casa ci fosse qualcuno. Quando bussò gli venne ad aprire una giovane donna che non aveva mai visto prima. Lo salutò con un leggero inchino e lo fece accomodare in cucina. Un lenzuolo fissato sulle ante in cui mancava la porta, divideva il piano terra in due ambienti, rendendo cupo il piccolo spazio antistante l'ingresso.

"Vorrei parlare con Madame Eleonor" si annunciò Dorian Bayley rivolgendosi alla ragazza mentre avvicinava una sedia.

"La signora è impegnata in questo momento; non appena avrà terminato la seduta sarà lieta di parlare con lei."

"Se posso chiedere, madame, che tipo di seduta sta celebrando?"

La ragazza si affrettò a socchiudere la porta.

"Madame Eleonor ha ricevuto la visita dei coniugi Simmons e sta cercando di mettersi in contatto con il loro figlio Markus, morto sei mesi fa in seguito a una malattia che i medici non sono riusciti a curare".

L'ispettore avvertì una frecciata al cuore ma riuscì a non abbandonarsi alla tristezza, ridestandosi con uno scossone del capo.

"Vuol dire che sta praticando una seduta spiritica?" chiese stupefatto.

"Lei preferisce definire queste esperienze un colloquio con le anime" rispose con un sorriso dolce.

Nell'attesa che terminasse la seduta, uscì in giardino e si accese un sigaro. Sollevò la testa, socchiuse gli occhi e si lasciò cullare dai placidi rumori della natura e inebriare dai suoi odori. In quel momento avvertì una piacevole sensazione di pace e gli sembrò che tutte le bruttezze con cui era costretto a convivere ogni giorno a causa del suo lavoro fossero state di colpo spazzate via dalla perfezione delle forme che osservava, figlie di una natura che sapeva donare solo bellezza. Si sorprese nel sentirsi in una strana sintonia con chi, in passato, era divenuto membro della setta degli Ambactus Danu, con chi immaginava l'universo pervaso da una semplice essenza immanente, immobile, silenziosa, e con chi aspirava a una vita volta alla costante ricerca dell'elevazione spirituale, del bene e della giustizia. In quegli attimi la mente gli restituì, vividi e intensi, ricordi lontani, custoditi gelosamente nella parte più profonda del suo essere, da cui traeva l'energia necessaria per andare avanti e per non arrendersi di fronte a un destino che gli aveva troppo spesso mostrato solo il lato cupo della vita. Si immalinconì; fece qualche passo, poi si inginocchiò e raccolse della neve sul palmo della mano, portandosela sotto le narici; ne avvertì la purezza prima di essere riportato alla realtà dalla voce della ragazza che lo stava chiamando.

"Ispettore, venga pure".

Una sferzata di aria fredda lo colpì alla schiena, provocandogli un lungo brivido.

"È stata un'emozione che non scorderemo mai" ripeteva piangendo una donna con una lunga sciarpa che le fasciava la testa. "Grazie di cuore".

Madame Eleonor le prese le mani sorridendo con gli occhi lucidi dalla commozione. L'uomo accanto se ne stava in silenzio con un'espressione incredula.

"Tornate a trovarmi quando volete".

La coppia uscì di casa che sembrava aver ritrovato la speranza perduta. Forse, pensò Dorian Bayley, l'aiuto psicologico che quella donna forniva era davvero in grado di lenire i dolori e quel senso di spaesamento provocato da una perdita.

"Sono felice di rivederla, ispettore" lo accolse Madame Eleonor pregandolo di sedere.

"Mi spiace disturbarla, ma le avevo già accennato che ci saremmo rivisti. Ho necessità di sapere cosa vi siete detti con l'ispettore Morgan l'ultima volta che vi siete visti. Ho motivo di credere che si fosse messo in una brutta situazione".

La donna non batté ciglio; prese una candela, la mise al centro del tavolo e fece luce, mentre la sua assistente se ne stava in un angolo vicino la finestra. Si sedette raccogliendo le mani intorno a una collana.

"L'ispettore Morgan era molto preoccupato; me ne parlò il giorno prima di sparire. Si stava occupando di un'indagine ma credo che la sua inquietudine dipendesse da altro."

"Le confidò cosa lo turbava?"

"La sua preoccupazione aveva radici profonde. Mi chiese di aiutarlo affinché il semplice furto di un libro non si trasformasse in qualcosa di molto più drammatico."

"Non credo di seguirla" osservò frastornato "quanto mi dice ha qualcosa a che fare con le formule magiche contenute nel manoscritto?"

"Ispettore, c'è un potere terribile che scuote le fondamenta della terra; il verificarsi di condizioni eccezionali gli hanno concesso di varcare la soglia che tiene distinti il nostro mondo da quello dell'oscurità. Occorre fare in modo che il male venga respinto e non gli si conceda di portare altra morte tra di noi."

"Altra morte? Vuol dire che è già qui?"

"Tutti gli indizi lo confermano. Un uomo avido e debole ha permesso che si manifestasse e ora è soltanto questione di tempo, prima che esso torni a dimostrare la sua cieca ferocia."

"Parla di Vernon Doyle, il bibliotecario?" chie-

se l'ispettore alzando il tono della voce.

Di colpo Madame Eleonor sgranò gli occhi; si irrigidì, serrando il bordo del tavolo con le dita ossute delle mani. La bocca si contorse in una posa grottesca; la testa cadde all'indietro, con gli occhi che divennero due palle bianche.

"Non si muova ispettore" intervenne l'assistente che le mise le mani sulle spalle per sorreggerla.

"Si sente male?"

La ragazza controllò il viso della veggente, poi si voltò.

"È entrata in uno stato di trance; sta avendo una visione".

Il tavolo iniziò a tremare muovendosi a scatti come fosse in balia di un terremoto. L'anta di una finestra si spalancò urtando contro la parete e una folata di vento fece spegnere la candela, con le tende che iniziarono a svolazzare per la stanza. Dorian Bayley assisteva confuso; in un qualsiasi altro momento si sarebbe limitato a capire dove fossero gli artifici che permettevano quella messinscena ma, in quei momenti, si sentiva propenso a dubitare della realtà che aveva di fronte e a credere che forse, al di là delle leggi fisiche, vivesse e pulsasse un universo informe in grado di regolare la vita con leggi differenti.

Quando il vento si placò e Madame Eleonor si riprese, Dorian Bayley si sentiva avvolto da un'aura di misticismo. Voleva credere che la donna agisse in buona fede.

"Il male è tra di noi" esordì la veggente parlando a fatica "prima che si possa fermare colpirà ancora. Se vuole che questa storia abbia fine, ispettore, accetti di andare al di là delle sue convinzioni."

"Cosa vuol dire che colpirà ancora? Madame Eleonor, se lei sa dove si trova l'ispettore Morgan è bene che me lo confessi ora."

"L'ispettore non è più con noi, ma mi è appena apparso in una visione; il suo corpo si trova in un luogo buio e freddo, nascosto alla vista degli uomini".

Nel pronunciare quelle parole, la donna svenne. Stavolta, però, il corpo appariva rilassato e il viso, caduto in avanti, poggiava contro il petto. Il respiro era regolare.

"Madame Eleonor deve riposare, ispettore, lasciamola sola" sentenziò l'assistente come fosse abituata a quella sequenza di eventi.

Prese una coperta e gliela adagiò sulle spalle.

Dorian Bayley seguì la ragazza fuori l'abitazione e, insieme, raggiunsero il limitare della proprietà.

"Lei lavora qui?" chiese.

La ragazza poteva avere al massimo 25 anni; a dispetto dell'abito semplice che indossava, aveva dei lineamenti eleganti e molto attenuati. Il viso roseo era messo in evidenza da lunghi capelli biondi, che facevano risaltare il color smeraldo dei suoi occhi.

"Vengo a trovarla due o tre volte la settimana; l'aiuto nelle faccende domestiche e cerco di rendermi utile quando riceve persone bisognose del suo aiuto."

"Posso conoscere il suo nome?"

La ragazza piegò il capo e arrossì in volto. Iniziò a strofinare sul vestito le mani sudate.

"Mi chiamo Sandra."

"Grazie Sandra, ora vada a controllare se Madame Eleonor si sente meglio".

Dal momento in cui aveva abbandonato l'abitazione, Dorian Bayley non aveva fatto altro che pensare a suo figlio. Quell'ombra indissolubile che avvolgeva i suoi giorni con una costanza simile a una nebbia eterna poteva trasformarsi, come in quel momento, in un temporale assordante. Per trovare riparo in quei momenti era necessario proiettare sé stessi in un'altra dimensione senza tempo, senza spazio e senza ricordi.

Si concentrava sul rumore dei suoi passi, nell'attesa che il pensiero fosse pronto a rivolgersi altrove. Succedeva così, senza alcun preavviso, liberandolo da una sofferenza che lo azzannava al collo come un cane indiavolato, togliendogli il respiro.

A liberarlo da quella morsa furono delle voci di bambini, che aumentavano di intensità man mano che si avvicinava al commissariato percorrendo Main Street. Arrivato all'incrocio non svoltò verso la stazione di polizia, ma andò nella direzione opposta; era da lì che giungevano le urla festanti. Fece un centinaio di passi e si trovò di fronte il cancello d'ingresso della casa del sindaco Nickolas Chapman, preceduta da un grande giardino, una distesa di erbetta verde ben tenuta, dove uno stuolo di bambini saltellava e correva, guardato a vista da un gruppo nutrito di adulti che parlottavano fra di loro.

Dorian Bayley si fermò in prossimità del cancello aperto a osservare e in un primo momento nessuno si accorse della sua presenza. Un uomo vestito con un elegante cappotto scuro e scarpe di pelle lucida si staccò dal gruppo degli adulti e richiamò l'attenzione dei bambini ad alta voce.

"Come ogni anno, cari bambini, siamo pronti per dare il via alla caccia al tesoro in onore della stagione della vendemmia che, anche quest'anno, sta donando tante soddisfazioni agli abitan-

ti di questo magnifico posto. Come ben sapete abbiamo disseminato degli indizi per il paese e alcuni abitanti, nostri complici, sapranno darvi informazioni preziose affinché possiate trovare il tesoro nascosto e aggiudicarvi così il titolo di vincitori".

Si levarono grida di eccitazione da parte dei più piccoli.

"Ma come ogni caccia al tesoro che si rispetti" proseguì il sindaco sforzandosi di parlare in modo solenne "abbiamo scelto una madrina d'eccezione per effettuare il sorteggio delle coppie, fornire l'indizio di partenza e premiare i partecipanti".

Il sindaco guardò verso gli adulti e fece cenno a una donna di avvicinarsi. Si trattava di una ragazza molto giovane, sulla ventina. Era piuttosto slanciata e non sembrava affatto emozionata o intimorita dalla sua presenza o a quella degli altri spettatori.

"Eccola qui in tutta la sua bellezza" disse con voce cerimoniosa il sindaco, omaggiando la ragazza con un plateale inchino. "Abbiamo l'onore di avere con noi la madrina Sarah Benson".

Un applauso composto risuonò nell'aria.

"Sarah Benson" pensò stupito Dorian Bayley.

Quel nome non gli era nuovo; anche se non ricordava in quale occasione, era certo di averlo già sentito. Nemmeno il tempo di riordinare i pensieri e si accorse che il sindaco aveva notato la sua presenza e, mentre la ragazza aveva cominciato a parlare spiegando le regole del gioco, gli faceva vistosi segni con le mani invitandolo a entrare e unirsi alla compagnia.

L'ispettore si avvicinò all'uomo, che si rivolse a lui sottovoce per non disturbare la presentazione.

"Finalmente ispettore, sono felice di fare la sua conoscenza. Come rappresentante dei cittadini di Greystone voglio comunicarle la nostra gratitudine per ciò che sta facendo".

Dorian Bayley rimase sorpreso dall'atteggiamento bonario del sindaco; senza apparenti motivi, nei giorni trascorsi, lo aveva immaginato come un tipo schivo e poco incline alle buone maniere.

"Grazie signor sindaco, spero di poter far luce al più presto sui terribili fatti accaduti in paese e permettere agli abitanti di apprezzare come prima le meraviglie che questo posto offre".

Nickolas Chapman fece un cenno di gratitudine con la testa e, insieme, continuarono a seguire la cerimonia.

Quando Sarah terminò di parlare, le coppie di bambini si predisposero appena fuori dal cancello in attesa del via. Erano tutti molto eccitati e non vedevano l'ora di vivere la loro avventura.

I recenti accadimenti avevano suggerito una variante nei sorteggi. Le coppie dovevano essere formate da un bambino più grande e uno più piccolo, pertanto i nomi erano stati estratti da due diverse urne. Fra gli adulti presenti, alcuni avrebbero perlustrato l'area nella quale il gioco si sarebbe sviluppato, garantendo la sicurezza dei bambini e la tranquillità dei loro genitori che, nel frattempo, si sarebbero intrattenuti nel giardino del sindaco, dove erano stati preparati alcuni tavoli sui quali due donne di servizio servivano tè caldo e biscotti.

Il sindaco aveva pregato Dorian Bayley di trattenersi sino alla premiazione. L'ispettore si rendeva conto di essere divenuto un personaggio in vista a Greystone e non se la sentì di tirarsi indietro. Qualcuno fra i genitori presenti si avvicinò e si presentò. Bayley notò con curiosità che il suo nome era conosciuto anche da chi non aveva mai visto in precedenza.

Fra i volontari c'era anche Martin Ford; lo vide intento a sorseggiare una tazza di tè mentre discuteva con un suo amico, che l'ispettore ricordò di aver già visto nella piazza principale del paese. Si recò al tavolo, si fece servire del tè con dei biscotti e si avvicinò:

"Oggi il sole ci ha omaggiato della sua clemenza" disse rivolto al figlio del custode del cimitero.

Martin si voltò e, sul suo volto, si disegnò una smorfia di stupore.

"Ispettore Bayley, sono lieto di rivederla. Anche lei da queste parti?"

"Passavo per caso e ho sentito delle voci; nel mio mestiere occorre essere curiosi."

"Mi spiace non potermi intrattenere con lei ma sono qui per accompagnare i bambini lungo il percorso della caccia al tesoro. Questo è un evento che la comunità organizza ogni anno, a cui i bambini tengono molto; tuttavia i recenti fatti hanno portato molta diffidenza in paese e quest'anno si è deciso di non farli girare da soli."

"Immagino" annuì l'ispettore.

"Oh, ma che sbadato" riprese Martin indicando il ragazzo accanto a lui "questo è Deven Bell, mio amico d'infanzia; insieme abbiamo deciso di dedicare del tempo per permettere la buona riuscita di questa bella iniziativa. Suo fratello più piccolo è fra i partecipanti al gioco e per questo mi ha proposto di venire qui".

Deven era alto e magro. Aveva i capelli rossi, le lentiggini e un'aria impacciata. Fece un cenno di saluto con la testa, quasi intimorito dalla presenza dell'ufficiale di polizia e subito abbassò lo sguardo.

Dorian Bayley ricambiò il saluto, poi concesse la strada ai due che si diressero verso il cancello e sparirono insieme al gruppo di accompagnatori e di bambini che iniziavano la loro caccia al tesoro.

Rimasto solo, si disse certo che Martin fosse il figlio adottivo di Adam Ford. Non c'era soltanto una eccessiva differenza di età con la madre; a confermare i suoi sospetti c'era l'assoluta mancanza di somiglianza con entrambi i genitori. Martin era un ragazzo alto, robusto, con la mascella pronunciata e folti capelli neri. I Ford erano entrambi magri e non molto alti, con il viso tondo e un'espressione del tutto differente.

Accantonò la questione e tirò fuori dalla tasca il suo taccuino. Scorse le pagine degli appunti presi la sera nella quale aveva incontrato George Davies, fin quando non ritrovò il nome di Sarah Benson.

È la bambina che si era smarrita nel bosco quindici anni fa, pensò sorpreso, che a quanto si dice, fu ritrovata grazie a una visione di Madame Eleonor.

Dopo nemmeno cinque minuti, Dorian Bayley sorseggiava il suo tè seduto vicino alla ragazza. Lei si disse affascinata da Londra e promise che a breve vi avrebbe fatto un viaggio. Anche se vestita con abiti semplici e figlia di artigiani, possedeva una buona capacità oratoria. L'ispettore giudicò che dovesse provenire da una famiglia colta e che avesse dedicato del tempo allo studio. Sapeva modulare con discrezione la tonalità di voce e la quasi totale mancanza di inflessione dialettale era la prova che in famiglia si ascoltasse un buon inglese. Le piaceva parlare, questo era chiaro, e Dorian Bayley prese la palla al balzo per far scivolare la conversazione su quanto accaduto 15 anni prima.

"Ero piccola e già da allora avevo una gran voglia di esplorare" iniziò a raccontare. "Una domenica mattina mi ero affacciata sull'uscio della porta mentre i miei genitori erano impegnati con le faccende di casa e i preparativi per il pranzo. Mi parve di vedere un'enorme ombra nera alla fine del vicolo, lungo il sentiero che si incunea nel bosco. Mi sembra ancora di rivedere la scena con gli occhi di una bambina di cinque anni. Mi spaventai ma, incuriosita, decisi di andare a vedere. Camminai per il sentiero sino a che non vidi delle orme sul terreno che si perdevano nel bosco; le seguii senza esitare. Le orme cambiavano spesso direzione così mi disorientai fino a quando, terrorizzata, mi resi conto di essermi

persa. Pensai di seguirle a ritroso ma non riuscii più trovare nemmeno quelle, come se il terreno le avesse riassorbite. Mi ero allontanata parecchio e non sapevo quale fosse la direzione giusta per tornare a casa. Cominciai a gridare ma, ben presto, mi colse una tale paura che le grida si soffocarono in gola. Ancora oggi avverto quelle sensazioni addosso, vivide al punto da farmi venire i brividi al solo pensarci. Provavo a gridare "mamma" ma, per quanto mi sforzassi, non riuscivo a fare uscire che un filo di voce. Non ricordo per quanto tempo vagai nel bosco. Correvo senza una meta precisa, cercando un sentiero, un albero, un cespuglio conosciuto che fosse in grado di farmi orientare ma ovunque mi voltassi vedevo solo vegetazione. Caddi più volte ferendomi le gambe e il viso."

"Dev'essere stato terribile" la consolò Dorian Bayley.

"A un certo punto mi fermai; il fiatone cominciò a placarsi e in un attimo non ebbi più paura. Sentivo una convinzione impossessarsi di me: a breve qualcuno sarebbe venuto a prendermi. Ne ero così convinta che smisi anche di piangere. Trovai un masso e mi sedetti sopra; mia madre mi aveva insegnato a contare usando le dita delle mani, così arrivai fino a dieci per poi ricominciare da capo e così via. Pensai che da quel giorno il mio numero fortunato sarebbe stato quello che avrei chiamato un attimo prima di vedere la persona che mi avrebbe salvato; la paura e l'angoscia erano di colpo svaniti e non avevo alcun dubbio che presto sarei tornata a casa. Quando spuntò la sagoma dell'agente Lambert da dietro un albero, sulla mano avevo in visione il numero quattro."

"Quattro deve essere un numero molto importante da queste parti" sorrise sibillino Dorian Bayley.

La ragazza non colse il riferimento e proseguì.

"Più avanti mi dissero che fu Madame Eleonor a indicare alla polizia il luogo preciso in cui cercarmi. È come se in quegli attimi fossimo entrate in contatto; dentro di me percepivo la sua voce calma che mi chiedeva di aspettare lì e non muovermi. Nel corso degli anni ho dato questa spiegazione all'accaduto, non potrebbe essere altrimenti. Io e la mia famiglia saremo eternamente grati a Madame Eleonor. Mia sorella si reca spesso da lei per assisterla durante le sue sedute senza chiedere nulla in cambio perché, dice, la più grande ricompensa è vedere gli occhi di coloro ai quali viene fatto del bene."

"Come si chiama tua sorella?" chiese l'ispettore pur conoscendo già la risposta.

"Sandra Benson, è mia sorella maggiore".

Dorian Bayley accennò un sorriso ma non disse nulla su quanto visto a casa della veggente.

Il volto della ragazza aveva mutato d'espressione man mano che raccontava la sua avventura; era come aver rivissuto quegli attimi terribili, dalla sorpresa di scorgere l'ombra di un grande animale aggirarsi per i vicoli bui del villaggio, sino alla gioia della liberazione dal suo piccolo incubo. Sembrava che in paese tutto ruotasse intorno alle stesse credenze, in un circuito simbolico che richiamava i titoli dei quattro manoscritti: invocazione, apparizione, imprigionamento, cacciata negli inferi.

Di quel simbolismo ne erano impregnati i muri, gli alberi e l'animo degli abitanti, in un valzer di ambiguità che riportava continuamente al punto di partenza.

Dorian Bayley si rese conto del rischio concreto di cadere nel gioco delle secolari credenze che obnubilava il potere della ragione e si convinse che questo avrebbe rappresentato un notevole intralcio nella ricerca della verità. Si sforzò di allontanare qualsiasi pensiero che deviasse da tutto ciò che fosse dimostrabile, possibile e provabile. Relegò il racconto di Sarah a una spaventosa avventura a lieto fine che le fantasie di una bambina, e di una comunità facilmente incline alla superstizione, avevano elevato a evento sovrannaturale.

Quando Adam Ford rientrò a casa erano le sei di sera e fuori era buio pesto. Sul viottolo che portava alla sua abitazione qualche lampioncino a olio non era stato ricaricato e Jacob pensò che fosse una vera fortuna. Aveva ricevuto l'incarico di non perderlo mai di vista e lui aveva preso la cosa molto sul serio, incurante del fatto che a breve il suo turno di servizio sarebbe terminato. Dorian Bayley gli aveva rivelato che sul retro della casa esisteva un ottimo punto di appostamento dove ascoltare le conversazioni che provenivano dall'interno, soprattutto quando il buio della sera diveniva un fedele alleato.

Per evitare di prendersi un altro raffreddore, stavolta Jacob aveva indossato due caldi maglioni di lana, pantaloni pesanti e calze lunghe fino al ginocchio, coperti da robusti stivaletti con suola in cuoio alto. Un lungo cappotto, con guanti, cappello e sciarpa, gli garantivano una protezione adeguata contro il freddo che, nell'ultimo pedinamento, si era dimostrato il nemico più insidioso.

Attese che Adam entrasse in casa poi, con passi rapidi, si intrufolò nel giardino aggirando l'edificio sulla destra per dirigersi sul retro. L'assenza di illuminazione non gli permise di notare un cumulo di ferraglia ammassata su una parete della casa e l'agente andò a schiantarvisi contro, cadendo a terra in un fragore fastidioso. Si fece male a un ginocchio e si sforzò di non lanciare imprecazioni ad alta voce mentre pregava che il rumore non avesse destato l'attenzione di chi era in casa. Stette un minuto immobile poi tirò un sospiro di sollievo quando si accorse che nessuno era uscito a controllare. Raggiunse la finestra che l'ispettore gli aveva segnalato; la trovò chiusa ma fu sufficiente un piccolo strattone per aprirla di quel tanto che gli serviva per origliare. La condensa aveva appannato i vetri e questo gli permetteva di mantenersi a breve distanza senza essere visto. La stanza sulla quale dava la finestra era buia e Jacob intuì dovesse trattarsi di un piccolo studio. Nemmeno il tempo di prendere confidenza con la situazione che intravide una luce tremolante avvicinarsi e una grossa ombra proiettata in modo multiforme sui muri. Si ritrasse di scatto e si mise con le spalle al muro. Un uomo era entrato nello stanzino con una lampada in mano e si dirigeva proprio verso di lui.

Stavolta mi ha scoperto, pensò terrorizzato.

Vide una mano uscire dalla finestra, afferrare la maniglia e tirala verso l'interno, facendola tornare nella posizione in cui l'agente l'aveva trovata.

"Per caso qualcuno ha chiesto a George Davies quando può venire ad aggiustare questa maniglia?" gridò Adam con tono irritato mentre usciva dalla stanza.

Una voce maschile e una femminile diedero risposta negativa.

Se continua così morirò di infarto, pensò ancora Jacob.

Alcuni minuti dopo, i Ford al completo scesero per la cena. La sala da pranzo era adiacente allo stanzino e questo diede modo all'agente di ascoltare nitidamente quanto veniva detto.

"È stato divertente" stava raccontando il figlio riferendosi alla caccia al tesoro del primo pomeriggio. "I bambini erano entusiasti e per gli adulti è stata una buona occasione per scambiare due parole. Avreste dovuto vedere l'espressione di Deven Bell quando ha saputo che era stato il fratellino ad aggiudicarsi il premio del vincitore; fingeva di essere distaccato ma ci mancava poco che si mettesse a urlare e saltare per la gioia."

"Certo" constatò la madre "è strano come due fratelli siano il perfetto opposto. Il piccolo è attivo, scaltro, quasi sfrontato. Deven invece timido, sempre pronto a chiedere scusa di esistere al mondo".

Adam emanò un ghigno smorzato dal cibo che ancora stava masticando.

"Direi più che timido" proseguì Martin "quando ha visto arrivare l'ispettore Bayley per poco non sprofondava sotto terra per la vergogna."

"Cosa ci faceva l'ispettore nel giardino del sindaco Chapman?" lo interruppe secco il padre.

"Credo sia passato per caso e il sindaco lo ha invitato a entrare."

"Certo" gli fece eco in maniera ironica "passava per caso …"

"Credo di sì" replicò il figlio "d'altronde alloggia a due passi dalla casa del sindaco Chapman e non vedo cosa ci sarebbe di strano."

"Questo fidarsi dell'ispettore Bayley denota una grande ingenuità da parte tua" lo rimproverò il padre.

Per un paio di minuti si sentì soltanto il rumore delle posate che sfregavano sulle stoviglie, poi Martin riprese.

"Credo che la cosa migliore sarebbe raccontare la verità all'ispettore. È inutile continuare a nascondersi."

"Ancora una volta stai dimostrando di essere

un ingenuo, Martin".

Adam fece una pausa, poi si sentì il rumore di un bicchiere poggiato con violenza sul tavolo.

"Lo capisci che se dicessi la verità all'ispettore sarebbe la mia fine, o meglio" fece ancora una piccola pausa "la nostra fine?"

"Credo che tu stia esagerando, papà. Se l'ispettore capisse i motivi che ti hanno spinto a comportarti in quella maniera, magari potrebbe aiutarti".

Adam Ford alzò il tono di voce.

"L'ispettore Bayley, se ben ti ricordi, è già stato qui. Senza troppi giri di parole ha fatto intendere che proverebbe un grosso piacere nel vedermi in carcere. Vuoi davvero che gli dia un buon pretesto per arrestarmi? Ricorda che in ballo non c'è solo la mia vita, ma quella di tanta altra gente".

Nessuno replicò.

"Sarebbe meglio continuare questo discorso domani mattina" intervenne la madre "ora sarete stanchi e nervosi, vedrete che appena svegli troverete un punto di accordo."

"Io direi che la cosa migliore sarebbe quella di non proseguire questo discorso né domani né mai" chiuse la conversazione il padre.

Il primo impulso di Jacob fu quello di mettersi a correre verso la locanda per riferire al suo

superiore quello che aveva ascoltato, ma riuscì a trattenere la frenesia e rimanere lucido. Decise che, sino a quando i Ford non fossero andati a dormire, sarebbe rimasto appostato a carpire quante più informazioni possibili. Lo eccitava sentirsi parte attiva di un'indagine per omicidio, lui che sino a dieci giorni prima si era limitato a sedare qualche rissa al pub o raccogliere denunce per schiamazzi notturni. Quando la cena fu terminata, però, la famiglia si ritirò al piano superiore. Insieme al buio calò un silenzio profondo, interrotto di colpo da un piccolo animale che attraversò veloce i rovi, facendolo sobbalzare.

Alla fine, Jacob si sentì soddisfatto del lavoro svolto. Nell'abbandonare l'abitazione dei Ford stette attento a non causare il minimo rumore. La mattina successiva sarebbe andato in commissariato per fare rapporto. Sentiva che stavolta avrebbe reso un grande servizio non soltanto alle indagini, ma anche agli abitanti di Greystone che, grazie alla sua caparbietà, avrebbero capito di chi si stesse servendo il male per allungare i suoi viscidi tentacoli.

31 Ottobre 1750

Quando il fuoco della torcia iniziò a incendiare gli arbusti che delimitavano la base del focolare, una vampata si sprigionò improvvisa, liberando una fiamma giallognola, striata da profonde nervature nere. Il buio fu squarciato come una tela da una lama. La danza primordiale del fuoco gettò ombre inquiete sulle pareti di roccia, disegnando figure alate e grottesche forme astratte.

"Ardi e purifica" pronunciò una voce dal timbro cavernoso, la cui eco si disperse fin dentro gli anfratti più nascosti della camera, inondando l'ambiente come un liquido denso.

Ai lati di un quadrato immaginario che circondava il focolare erano stati disegnati quattro cerchi contenenti quattro triangoli, ognuno illuminato da tre candele poste ai vertici. All'esterno del perimetro, uno accanto all'altro, quattro uomini rimanevano immobili in attesa di un ordine superiore. Erano vestiti con una tunica scura chiusa alla vita da una corda e avevano il volto dipinto con pigmenti naturali, velato sotto un largo cappuccio come fosse prigioniero della notte. Nella mano destra i gran maestri stringevano un manoscritto, nella sinistra una pergamena in cui era stata trascritta parte di un antichissimo rituale magico, le cui origini si perdevano nelle pieghe informi del tempo.

Il silenzio creava un ponte ideale per trasportare le menti nella dimensione ancestrale da cui tutto aveva avuto origine, in cui il tempo e lo spazio perdevano i loro naturali sostegni e dove l'infinito movimento circolare faceva ciclicamente incontrare il mondo dei vivi e quello dei morti. In quegli attimi, le potenti forze inerziali permettevano l'apertura delle porte, creando un passaggio in grado di destabilizzare l'equilibrio dell'intero universo. Era compito dei gran maestri dell'*Ambactus Danu* fare in modo che i pilastri fondanti non crollassero sotto il peso del caos primordiale, dalla cui sconfitta era nato, nel tempo immutabile del mito, il naturale ordine delle cose.

L'odore ferroso della terra si mescolava all'umidità costante della grotta, rendendo l'aria pesante e difficile da respirare.

"Ardi e purifica" si sentì rimbombare nella stanza circolare.

"Ardi e purifica" intonarono di rimando come una litania funebre.

Il fuoco sembrò rispondere a quell'invocazione, ruggendo e sollevandosi come se una forza si agitasse feroce dall'interno.

Il silenzio successivo fu interrotto dal lieve rumore di passi che si avvicinavano; dal buio di un anfratto laterale presero lentamente forma i contorni vaghi di una donna. Si avvicinò al focolare e ondeggiò le mani disegnando nell'aria forme sinuose. La fiamma divenne blu e iniziò a ripeterne i movimenti come fosse ipnotizzata. Madame Althea sussurrò qualcosa di incomprensibile, poi aumentò il timbro della voce. I movimenti del corpo divennero convulsi e un urlo liberatorio, seguito da un movimento violento delle braccia che si slanciarono in aria e caddero violente sul terreno, fece esplodere la fiamma, che si divise in tante piccole fiammelle che presero a galleggiare sulla volta della camera come fossero prive di gravità.

Il destino degli uomini incrociava la battaglia contro il male che avanzava per varcare la soglia. Prima che spuntasse il giorno, soltanto una fra la luce e l'oscurità eterna avrebbe imposto il suo dominio, ridisegnando le trame dell'universo e spingendolo verso un destino che, se non avesse visto risplendere il suo antico equilibrio, sarebbe precipitato tra le fiamme del caos primordiale.

29 Ottobre 1884 - Mercoledì

"**B**uongiorno ispettore Bayley, a cosa devo il piacere di questa nuova visita?"

La faccia di Adam Ford valeva più di mille parole. Innervosito e contrariato da quella sorpresa mattutina, non faceva nulla per nasconderlo. Era in procinto di andare sbrigare alcuni lavori al cimitero e non intendeva concedere più tempo del dovuto alle domande pungenti che l'ispettore gli stava per rivolgere.

Poco meno di un'ora prima, intorno alle sette, Dorian Bayley stava passeggiando avanti e indietro nella stanza della sua locanda, indeciso se scendere nella sala colazione che apriva proprio a quell'ora o attendere ancora dietro al vetro della finestra per cercare un'idea, un'intuizione che potesse aggiungere qualcosa alla strada percorsa sino a quel momento.

Qualcuno bussò alla porta e gli parve che avesse il timore di farsi sentire, tanto deboli erano stati i colpi. Quando aprì si trovò di fronte l'agente Young.

Consapevole che le informazioni carpite la sera precedente avrebbero accresciuto la stima di Dorian Bayley nei suoi confronti, il giovane aveva raccontato tutto d'un fiato l'accaduto, omettendo l'episodio della caduta a terra, particolare che avrebbe potuto mandare in aria l'appostamento.

Quello che ricevette in cambio fu una pacca sulla spalla e l'incarico di continuare il pedinamento di Adam Ford con la stessa abnegazione.

"Il cerchio si sta stringendo" lo stimolò l'ispettore "usciranno altre cose interessanti".

Gli chiese di appostarsi nei pressi del cimitero mentre lui avrebbe fatto visita al custode quella mattina, cercando di coglierlo di sorpresa prima che uscisse per recarsi al lavoro.

"Sono venuto soltanto a farle un paio di domande Mr. Ford, cercherò di non disturbarla a lungo."

"Mi perdoni ispettore, ma ho del lavoro arretrato e stavo giusto per iniziare la giornata."

"Chi sono i proprietari degli altri tre libri, Mr. Ford?" gli chiese ignorando le sue parole.

"Che domanda è mai questa? Le ho appena detto che ho poco tempo e in questo momento non posso star qui a subire un interrogatorio" protestò.

"Sarebbe un'alternativa interessante quella di venire in commissariato ed essere messo in stato di fermo sino a quando non riesce a dissipare ogni mio singolo dubbio?"

Adam Ford prese atto che in quel momento era meglio soccombere; tuttavia non fece accomodare l'ispettore in casa, ma restò sulla soglia della porta con la faccia di chi ha appena ingoiato una manciata di sale.

"Non so di quali libri stia parlando."

"Mi permetto ancora una volta di dubitare delle sue parole."

"Queste sono soltanto delle provocazioni alle quali non intendo dare seguito".

Le guance si erano fatte rosse dalla rabbia.

In quel momento uscì di casa Martin; salutò con un cenno il padre e chinò la testa passando di fronte all'ispettore poi, con passo veloce, uscì dal cancello e svoltò a destra.

"Forse è convinto che in tutto questo tempo non abbia portato avanti le mie indagini e reperito informazioni sul furto del manoscritto? Mi crede davvero così ingenuo?"

"Io ho subito il furto di un libro e come si fa in questi casi ho sporto regolare denuncia. Questo posso dirle, nulla di più. Non capisco di quali altri libri stia parlando."

"Questo me lo ha già detto al nostro primo incontro" ribatté Dorian Bayley ostentando una certa impazienza "ma oramai ho le prove che lei non sta dicendo la verità. Per questo motivo voglio ancora una volta metterla in guardia; mentire in un caso di omicidio è già di per sé un reato per il quale potrei portarla davanti al giudice".

L'ispettore era a conoscenza che il giudice in questione sarebbe stato Frank Owen, insieme al quale era stato sorpreso entrare all'interno della chiesa in compagnia del sindaco Chapman in piena notte. Tuttavia voleva tenere nascoste le carte per non dar modo a chiunque potesse essere coinvolto con la sparizione di Nevil Morgan e con l'uccisione di Vernon Doyle, di crearsi un alibi in grado di scagionarlo.

Adam Ford farfugliò qualcosa che l'ispettore non riuscì a comprendere. Sul suo volto, sempre serio e al limite del rabbioso, si lesse per un attimo confusione e un accenno di timore.

"Mi creda" riprese Bayley in tono assai più amichevole "non c'è nulla che non si possa confessare, soprattutto quando la confessione può mettere fine a una serie di eventi che sconvolgono un intero paese. Sappiamo entrambi che in cuor suo lo desidera quanto me".

Lasciò passare qualche secondo per fare in modo che il messaggio fosse interiorizzato.

Dorian Bayley conosceva il proprio mestiere come nessuno al mondo. Aveva giocato con Adam Ford alla stregua di un tiranno che durante un temporale chiude la porta di casa lasciando la propria moglie sull'uscio, in preda alla pioggia e alle raffiche di vento, per poi uscire, offrirle una coperta e divenire così un magnanimo benefattore. Era un espediente che usava spesso quando era certo che il suo interlocutore stava mentendo. Allora non concedeva tregua sino a quando percepiva dall'altra parte un tentennamento, un lieve accenno di paura. A quel punto il gioco era fatto e non rimaneva altro da fare che tendere una mano salvifica al proprio rivale per portarlo dalla propria parte.

"Tornerò nuovamente a farle visita intorno alle 19, Mr. Ford, sperando che i nostri discorsi possano approdare a un punto di vista comune".

Il guardiano del cimitero rientrò nell'abitazione. Dorian Bayley prese la direzione del cancello ma, prima di uscire, si fermò a valutare le impronte lasciate da Martin su un cumulo di terriccio che aveva calpestato. Poi prese il suo taccuino, scrisse un appunto e abbandonò la casa.

Dorian Bayley ritenne doveroso non rimanere con le mani in mano ad attendere il rientro di Adam Ford. Decise di far visita a padre Beathan, con il quale avrebbe voluto parlare di questioni lasciate in sospeso da un pezzo; nessuno più del prete poteva raccontargli con dovizia di particolari chi fossero gli abitanti di Greystone, quali usanze avessero e quali personaggi frequentavano la chiesa e avevano rapporti con l'ispettore Morgan e con Vernon Doyle. L'interrogativo lasciato in sospeso gli ronzava nella testa da quando il patologo aveva confermato l'ora dell'omicidio: perché Vernon Doyle si trovava in chiesa in piena notte?

La risposta più logica è che cercasse di nascondere qualcosa; qualcuno doveva averlo però seguito e, una volta ucciso, si era impossessato del manoscritto. Alla luce dei fatti anche questa versione scricchiolava in più punti; se il libro era stato recuperato, perché Adam Ford era tornato in biblioteca insieme al giudice Owen e al sindaco Chapman? E perché uccidere con tanta brutalità?

Incerto su dove trovare padre Beathan, iniziò dalla casa e imboccò la stradina che si incuneava nel bosco. Giunto davanti la porta, bussò più volte senza ottenere risposta. Decise allora di cercarlo in chiesa, ma non fece in tempo a voltarsi che sentì un rumore provenire dall'interno dell'abitazione. Infilò la mano nella tasca del cappotto e il contatto con il ferro freddo della pistola gli conferì sicurezza.

"C'è nessuno?" gridò senza ricevere risposta nemmeno questa volta.

La finestra alla sua sinistra era appena socchiusa e Dorian Bayley non ci pensò due volte. Scavalcò il davanzale cercando di non far rumore e si ritrovò all'interno di una piccola cucina. Il fuoco era spento e le pentole di metallo pendevano immobili da una mensola attaccata al muro. Si recò nella stanza adiacente, un salotto adibito a sala da pranzo. C'era un camino spento sulla parete di sinistra, mentre una libreria a scaffali copriva quasi per intero la parete opposta. Passò brevemente in rassegna i testi; per la maggior parte erano trattati religiosi ma c'erano anche manoscritti di missionari e viaggiatori che descrivevano la vita e i costumi di culture lontane; inoltre libri di filosofia occidentale, dai classici a quelli più moderni. Accanto agli scaffali compariva una mensola in cui trovavano posto dei medaglioni con incisi simboli religiosi, una piccola acquasantiera vuota e un rampone da neve. Dorian Bayley li osservò mentre la mano destra impugnava salda la pistola che teneva all'interno della tasca del cappotto. Un secondo rampone era a terra nella camera da letto, dove trovò il letto rifatto, un paio di pantofole e alcuni abiti ripiegati con cura sopra una sedia con la seduta in paglia intrecciata. Sul comodino vi era invece un bicchiere vuoto. All'improvviso Dorian Bayley ebbe un sussulto: alle sue spalle vide un'ombra sfrecciare nel salone, diretta verso la cucina. Si voltò e intravide la coda di un gatto sparire a tutta velocità dietro il montante laterale della porta. Tirò un sospiro di sollievo e allentò la presa sull'arma. Quando uscì dall'abitazione cambiò idea sul da farsi. Pensò di essere stato ingenuo nell'aver dato ordine a Jacob Young di ispezionare casa di Vernon Doyle poco dopo l'omicidio. L'agente non gli aveva segnalato nulla di particolare ma l'ispettore riteneva importante una seconda visita. Quello che un occhio poco allenato poteva non vedere, per lui poteva rappresentare qualcosa di significativo. Prima, però, passeggiò a lungo, toccando ogni luogo che aveva avuto a che fare con i terribili accadimenti dei quali Greystone era stato teatro. Nei pressi della chiesa incontrò Gordon Craig, che aveva chiesto qualche ora libera per sbrigare alcune commissioni.

"Buongiorno Gordon" lo salutò sorridendo l'ispettore "sto cercando padre Beathan, lo hai per caso visto?"

"Sono in giro da un pezzo, ispettore, ma non mi sembra di averlo incrociato" rispose l'agente accennando un saluto.

"Anche tu ossessionato dal mistero che avvolge questa chiesa?" chiese Dorian Bayley che non si aspettava di trovare l'agente da quelle parti.

L'agente aveva un'aria circospetta; in un primo momento sembrò sorpreso di vedere il suo superiore, ma poi rispose ricambiando il sorriso.

"Chi non lo è qui in paese? Eventi di questa portata si sentono soltanto nei discorsi degli ubriachi al Golden Pub, ma nella realtà nessuno qui li ha mai vissuti."

"Ne verremo a capo, Gordon, te lo garantisco" lo rincuorò l'ispettore.

I due si separarono dandosi appuntamento in commissariato nel pomeriggio.

Dopo aver rovistato da cima a fondo la casa di Vernon Doyle, quando si era ormai rassegnato ad andar via con un pugno di mosche in mano, l'ispettore trovò qualcosa di interessante. Il letto era disfatto, con le coperte che giacevano attorcigliate e un cuscino ormai deformato su uno dei lati. Su una sedia incastonata sotto un piccolo scrittoio era poggiato un secondo cuscino, ricoperto da una federa che profumava ancora di lavanda. L'ispettore lo prese in mano e iniziò a tastarlo; al tatto avvertì un qualcosa di rigido. Aprì la federa

ed estrasse un piccolo biglietto su cui c'era scritto:
"3 30 - per il bosco."

La mente dell'ispettore corse subito alla notte dell'omicidio. I numeri si riferivano con tutta probabilità a un orario, mentre il sentiero che tagliava per il bosco giungeva a ridosso della chiesa. Se avesse scoperto subito un indizio del genere, pensò rileggendo il contenuto del biglietto, l'indagine avrebbe potuto prendere una direzione precisa sin dall'inizio. D'altro canto, se Vernon Doyle non avesse avuto l'accortezza di nasconderlo, qualcuno se ne sarebbe potuto impossessare prima dell'ispezione di Jacob Young. Era probabile che chi che lo aveva seguito più volte, anticipandone spesso le intenzioni, fosse già stato in quell'abitazione per cercare di eliminare eventuali tracce compromettenti; d'altronde la porta d'ingresso era malmessa e facilmente violabile, con il legno eroso proprio all'altezza del nottolino. Per far scattare la serratura, a Dorian Bayley era stato sufficiente infilare la punta di una chiave nello spazio che si era formato nel mezzo e spingere verso l'interno; questione di pochi secondi.

Il resto della casa si presentava modesta e sporca; nella vecchia cucina, spoglia e fredda, avanzi di cibo avariato giacevano dimenticati su un vecchio tavolo di legno scuro. L'odore nauseabondo

aveva costretto Dorian Bayley a tenere un fazzoletto sul naso per l'intera durata dell'ispezione.

"Una casa umile per una persona umile" notò
ricordando la descrizione che gli abitanti del paese avevano fatto di Vernon Doyle e le parole pronunciate da padre Beathan al funerale.

"Un appuntamento" pensò poi rileggendo il
bigliettino "si tratta di un incontro; ma con chi?"

Sembrava ovvio che potesse essere stato l'assassino stesso a dargli appuntamento a quell'ora.
Il problema era capire se questo gli aveva chiesto di incontrarlo in chiesa oppure in un luogo
esterno e poi lo avesse convinto a entrare in un
secondo momento. E rimaneva quel misterioso
dilemma ancora irrisolto:

"Come aveva fatto a uscire dalla chiesa una
volta compiuto l'omicidio?"

Poi, di colpo, come trascinato da un'onda, smise di pensare al come e al perché. All'interno
dell'abitazione formulò l'immagine vivida di un
uomo. Un uomo malinconico e solo che per una
sola volta nella vita aveva osato spingersi oltre i
suoi stessi principi morali, commettendo un pec-
cato. In una fredda notte di autunno quell'uomo
si rotolava senza sosta nel proprio letto, scom-
binandolo e torcendo le coperte, nell'attesa che
giungesse l'ora prestabilita. Poi si era alzato e ave-

va sfidato il freddo impietoso e il buio nero del bosco, di notte, per andare incontro al suo terribile destino.

Dorian Bayley provò una pena tale per quell'uomo che dovette allontanarsi in tutta fretta dall'abitazione. Doveva togliersi dalla mente quell'immagine penosa che gli si era palesata davanti, come se conoscesse Vernon Doyle da una vita, fosse in grado di intercettare le sue emozioni più tristi e farle sue, pur non avendolo mai visto nemmeno una volta.

L'appuntamento con gli agenti era stato fissato la sera nell'ufficio dell'ispettore. Lo scopo principale era chiarire la posizione di Darrel Bennet, al momento l'unico formalmente accusato di essere coinvolto perlomeno con il furto dei manoscritti.

Quando l'ispettore rientrò in commissariato erano ancora le 17,30 e ad aspettarlo c'era padre Beathan.

"Buonasera, ispettore, ho incontrato l'agente Craig e mi ha detto che voleva parlarmi."

"La ringrazio ma non c'era bisogno che si scomodasse a venire fin qui, padre. Volevo solo chiederle se ci fossero delle novità e se, fra le persone che frequentano abitualmente la chiesa, ha nota-

to qualcosa di strano negli ultimi tempi."

"La gente ha paura ispettore. E per questo non mi sento di biasimare nessuno. Manifestano con vigore la volontà di vedere arrestato l'autore di questi crimini orrendi, perpetrati con Dio solo sa quale crudeltà."

"Capisco" fece l'ispettore che, nel frattempo, aveva visto avvicinarsi Jacob Young "le garantisco che verrà fatta luce su quanto accaduto a Greystone e che gli abitanti potranno tornare a vivere in serenità."

"Dal canto mio, ispettore, non mi sembra di aver rilevato comportamenti strani negli ultimi tempi. Nel mio piccolo cerco di convincere gli uomini che con la forza della fede si superano anche le paure più spaventose."

Dicendo questo giunse le mani all'altezza del bacino e chinò la testa.

"Padre" riprese Dorian Bayley come ad afferrare una domanda che si era persa nei meandri della sua memoria "secondo lei esiste un motivo per il quale Vernon Doyle si trovava in chiesa in piena notte?"

Padre Beathan allargò le braccia.

"Vernon era un uomo introverso ma, da quando lo conosco, non ha mai compiuto stranezze di questo tipo. Viveva di casa e chiesa, la sera non usciva mai e, che io sappia, non una sola volta ha messo piede in una locanda. Si confidava spesso e ascoltava le mie parole. Non faceva mai nulla senza prima avvisarmi e, spesso, necessitava della mia approvazione. Non che volessi gestire la sua vita, ma la sua devozione nei miei confronti era incondizionata e lui era felice così."

Congedato padre Beathan, l'ispettore mandò l'agente Young a chiamare Darrel Bennet.

Il giovane poliziotto sembrava a disagio. Fece qualche passo poi tornò indietro verso l'ispettore che lo guardava incuriosito.

"Verso le tre del pomeriggio ho perso le sue tracce" disse con voce timorosa.

"Stai parlando di Adam Ford vero?"

Young chinò la testa.

"L'ho cercato per tutto il pomeriggio ma sembra svanito nel nulla."

Bayley rifletté per un momento poi decise che si sarebbe occupato più tardi della questione.

"Ora vai a chiamare Bennet" concluse.

Nel frattempo arrivò Gordon Craig e dopo qualche minuto tutti e quattro erano seduti nell'ufficio dell'ispettore.

"È giunto il momento di raccontare la verità Mr. Bennet" attaccò l'ispettore "ora che siamo a un passo dalla soluzione, tacere per lei non potrà che rivelarsi un'arma impugnata al contrario."

"Sono basito, ispettore. Lei ha avuto il coraggio di tenere per giorni in carcere un uomo onesto come me, un uomo che ha dedicato la propria vita alla conoscenza, all'arte e alla cultura."

Dorian Bayley si voltò verso i due agenti seduti a lato della scrivania con un'espressione tipica di chi era certo che da quella conversazione non se ne sarebbe uscito nulla. C'erano due sole possibilità: o Bennet era un criminale navigato al quale qualche giorno di detenzione non bastava a fargli vuotare il sacco, o era innocente e vivesse nella convinzione che la sua posizione sarebbe stata chiarita a breve con tanto di scuse ufficiali da parte della polizia. Dorian Bayley, quasi ossessionato dalla logica e dalla convinzione che i rapporti di causa – effetto spiegassero molti più accadimenti rispetto al caso e alle coincidenze, riteneva Darrel Bennet coinvolto più di quanto le parole e gli alibi raccontassero. Da quando aveva fatto la sua comparsa in paese si erano succeduti fatti singolari come il furto del manoscritto, fatti che, fra l'altro, collimavano con i suoi interessi di collezionista e venditore di oggetti d'antiquariato. Si era dileguato non appena era stato ucciso Vernon Doyle ed era fuggito alla vista di Gordon Craig a Little Castle. Quando un puzzle si incastrava così bene Dorian Bayley rifiutava l'idea che i tasselli fossero stati lanciati in aria e, nel toccare terra, si fossero incastrati da soli. Più facile credere che una o più persone si fossero impegnare a ricomporre la figura, portando a termine un progetto studiato da tempo.

Decise allora di attaccare a testa bassa per verificare la reazione del suo interlocutore:

"Lei ha incaricato Vernon Doyle di rubare il libro a casa di Adam Ford. Ma non aveva fatto i conti con la personalità di quell'uomo. L'addetto alla biblioteca si è infatti pentito subito di quello che aveva fatto e ha spifferato tutto all'ispettore Nevil Morgan. Allora lei ha ucciso sia uno che l'altro e poi ha lasciato il paese rassegnato al fatto che oramai era inutile tentare di recuperare gli altri tre manoscritti con il polverone che si stava sollevando."

"Vedo che ha preso informazioni sull'esistenza della collezione, ispettore."

Bennet fece una smorfia difficile da interpretare.

"Dunque sta confessando Mr. Bennet?" prese la palla al balzo Dorian Bayley, pur essendo cosciente che nella sua ricostruzione improvvisata le questioni che non tornavano erano troppe.

"Io non confesso nulla ispettore" Bennet scosse la testa con decisione "sono un esperto d'arte e un collezionista di oggetti e libri esoterici. Per questo conosco la leggenda della setta degli *Ambactus Danu* e dei testi che custodiscono in gran segreto."

"Mr. Bennet, cosa si prova quando si affonda un coltello nel corpo di un essere umano?"

La domanda a bruciapelo lasciò a bocca aperta tutti i presenti.

Non ci fu il tempo di una replica perché la porta della stanza si spalancò senza che nessuno bussasse. Quasi fosse fuori di sé, trafelato e con lo sguardo sgranato, entrò il giudice Owen.

"Correte presto, qualcuno ha ucciso Margaret in casa mia e ha rubato un manoscritto" riuscì a dire nonostante il fiatone.

Calò il silenzio; un silenzio carico di tensione, di paura, di delusione.

I due agenti si guardarono fra loro e poi schizzarono in piedi preparandosi a ricevere ordini dall'ispettore.

Dorian Bayley indossò il cappotto e infilò la pistola in tasca.

"Agente Young, riaccompagna il signore nella sua cella e raggiungici fuori" disse poi mentre invitava Craig a seguirlo con un cenno della mano.

Mentre usciva dalla stanza, l'ispettore si voltò

indietro. Cercava lo sguardo di Darrel Bennet che, però, teneva la testa china. Il suo viso era pallido e sudato, quasi fosse in procinto di svenire.

Le accuse che Dorian Bayley aveva lanciato contro Darrel Bennet non contenevano che una pura provocazione non suffragata da indizi concreti; di questo l'ispettore ne era ben cosciente. Il bluff faceva parte del suo mestiere e lui lo aveva giocato, come sempre, da vero professionista. Stavolta, però, gli era andata male perché il giudice era entrato con la terribile notizia che di fatto scagionava Bennet dall'accusa di omicidio. Alla luce di questo, la reazione del collezionista era parsa del tutto inspiegabile all'ispettore, almeno in un primo momento.

Prima di dirigersi verso l'abitazione del giudice Owen, aveva chiesto a Jacob Young di cercare il medico per le rilevazioni del caso. Gordon Craig si era proposto di effettuare lui le ricerche e di portare Young sulla scena crimine. Dorian Bayley lo aveva notato molto turbato, quasi fosse sul punto di rimettere. Acconsentì che fosse lui ad andare e lo invitò a cercare anche padre Beathan per l'estremo saluto.

Il buio era già calato a Greystone e, insieme a esso, fantasmi inquietanti erano scesi a strappare le persone dalle loro abitazioni. In una comunità così ristretta, la notizia del secondo omicidio aveva viaggiato più veloce di un fulmine; un nutrito gruppo di persone si era radunato nello spazio antistante il cancello della villa del giudice Owen con le torce in mano, quasi fosse una ricorrenza mistica. Un uomo alto e corpulento, che Bayley aveva già intravisto nei giorni precedenti aggirarsi attorno al Golden Pub, poggiò la torcia a terra e alzò le braccia spalancandole verso il cielo.

"Saremo noi le prossime vittime" aveva gridato cercando con un tono solenne e grave di dare importanza alle sue parole "guardatevi intorno, ognuno invoca il proprio demone estinto. Dobbiamo cessare questa infima pratica. Dobbiamo lasciare i demoni nel mondo degli inferi e vivere la nostra vita terrena senza più barattare i loro ritorni con qualche altro terrificante assassinio."

Molti tra i presenti annuirono, mentre dal sentiero che sbucava dal bosco si vide qualcuno in penombra che, con passo lento, si avvicinava alla villa. Quando giunse a ridosso degli altri, alcuni fra i presenti tesero le loro torce verso quella figura; dall'ombra apparve il viso di Madame Eleonor.

"Tu" gridò l'uomo corpulento, sempre più fomentato, additando la nuova venuta "strega del demonio. Sei stata tu a risvegliare i demoni che ci danno la caccia. E ora pagherai per tutto il sangue versato."

L'uomo si fece largo fra la piccola folla e con uno slancio rabbioso cercò di raggiungere Madame Eleonor con intenzioni nefaste. Jacob Young scattò assieme ad altri due uomini che erano nei paraggi, fra questi Dorian Bayley riconobbe Deven Bell, l'amico che Martin Ford gli aveva presentato prima dell'inizio della caccia al tesoro, e riuscirono a frapporsi un attimo prima che l'uomo colpisse la veggente, trattenendolo a fatica.

Sarah Benson, sbucata dal nulla, andò subito a sincerarsi delle condizioni della veggente mentre gran parte delle persone presenti girovagavano intorno senza una precisa direzione, creando macabri giochi di luce con le loro torce, invocando ciascuno il proprio Dio o il proprio demone.

Dorian Bayley richiamò il suo agente. Sul cancello dell'abitazione, a vigilare che nessuno entrasse all'interno della villa, vi era il sindaco Chapman.

"Prego" disse a Dorian Bayley mentre apriva il cancello per lasciarli passare "sono a disposizione per qualsiasi cosa."

Il dottor Burlow arrivò in un attimo, avvisato anche lui da un compaesano, mentre padre Beathan arrivò in compagnia di Gordon Craig qualche minuto più tardi, con indosso i paramenti sacri e pronto per dare l'ultimo conforto alla giovane vittima.

La casa del giudice era stata messa a soqquadro e tracce di sangue erano state lasciate un po' ovunque, segno che l'assassino non si era nemmeno posto il problema di sciacquarsi le mani insanguinate per rovistare in cerca del manoscritto.

"Cosa mi può dire dottor Burlow?" chiese Bayley una volta fuori dall'abitazione, sempre in compagnia di Jacob Young.

"Da un primo esame non escludo possa trattarsi della stessa persona che ha ucciso Vernon Doyle. L'unica differenza è che stavolta non ha infierito sul cadavere."

"Forse perché concentrato sulla sua missione principale" fece notare l'ispettore "lasciando da parte la soddisfazione sadica di accanirsi su quella povera ragazza."

Il medico annuì, poi riprese.

"Margaret Strain è stata uccisa alle spalle con un coltello o un'arma molto affilata e non ha nemmeno cercato di difendersi, come si fidasse ciecamente della persona che aveva appena accolto in casa."

"Dunque" chiarì l'ispettore "Margaret ha aperto al proprio assassino e gli ha fatto strada per farlo accomodare nel salone. Siamo certi che lo conoscesse e che lui era già stato in questa casa. Di colpo l'ospite ha tirato fuori un coltello e le ha tagliato la gola cogliendola alle spalle. Poi ha rovistato dappertutto sino a quando non ha rinvenuto quello che stava cercando e infine è fuggito senza infierire sul corpo, forse perché temeva, o sapeva, che il giudice Owen sarebbe rientrato di lì a poco."

"Direi che questa ricostruzione regge" confermò pensieroso il patologo "non appena esaminerò il cadavere all'obitorio potrò essere più preciso e darle conferma su quanto appena detto."

30 Ottobre 1884 - Giovedì

Mentre si dirigeva verso casa di Nevil Morgan, Dorian Bayley sentiva una rabbia feroce crescergli dentro; nella sua lunga carriera non ricordava un caso in cui un secondo omicidio si verificava quando era in procinto di catturare l'assassino e consegnarlo alla giustizia. Se era dunque stato Adam Ford a uccidere, lo aveva fatto sotto i suoi occhi, quasi per sfida. Quell'uomo, all'apparenza scorbutico e ingenuo, aveva eluso con destrezza la guardia di Jacob Young, dimostrando un'intelligenza raffinata e un agire spietato. La sfacciataggine con cui aveva compiuto un altro efferato omicidio ne confermava sia la pericolosità, sia l'astuzia di un comportamento pianificato nei minimi dettagli. L'assassino stava agendo seguendo un piano ben preciso, protetto da complici in grado di garantirgli una via di fuga sicura una volta portato a termine il compito. La vendita dei quattro manoscritti avrebbe permesso di godersi una vita lussuosa in un paese lontano, senza più rischio di essere catturato.

In quegli attimi Dorian Bayley sentì l'indagine scivolargli dalle mani; comprese di aver dato troppe cose per scontate e di aver commesso l'imperdonabile errore di sottovalutare i suoi nemici.

Come se non bastasse si era pentito di aver riposto una fiducia eccessiva nelle capacità investigative di due agenti senza esperienza che, fino al giorno del suo arrivo a Greystone, non avevano mai avuto a che fare con crimini di quella portata. Si attribuì anche la colpa di non aver prestato attenzione a tutte le avvisaglie che l'indagine gli aveva lasciato per strada come briciole di pane.

Sin dal ritrovamento del corpo di Vernon Doyle, infatti, aveva iniziato a convivere con un disagio latente che sentiva pulsare dietro la nuca, quella sorta di sesto senso che in passato lo aveva aiutato a sbrogliare matasse senza logica apparente. Aveva l'impressione che un'entità invisibile lo precedesse ovunque andasse e gli costruisse intorno una realtà deformata, offuscandogli la ragione con immagini distorte.

Puntò i piedi nella neve e osservò un punto indefinito all'orizzonte; ripulì la mente espirando con veemenza, eliminò ogni orpello che ne aveva intossicato la ragione e ricostruì ogni singolo avvenimento incastrandolo con il solo ausilio della logica. Il caso richiedeva azioni immediate. Il tempo delle attese era ormai scaduto. Gli indizi che aveva in mano puntavano in direzione di Adam Ford, ma ora sapeva che c'era dell'altro. Un gioco a incastri perfetto, le cui regole erano state create da menti di intelligenza superiore. D'ora in poi non avrebbe più tralasciato il minimo particolare.

Il giorno della prima ispezione in casa Morgan il suo sesto senso gli aveva comunicato qualcosa, una realtà nascosta dietro l'apparenza che i sensi normali gli mostravano.

Quando fu sul punto di entrare di nuovo in quel giardino la prima impressione fu di un bel cottage immerso nel verde. Per prima cosa ricontrollò le finestre e la serratura dell'unica porta che si affacciava sul giardino. Riuscì a entrare con lo stesso sistema usato la prima volta, non prima di essersi assicurato che nella toppa non ci fossero graffi anche impercettibili. A parte la polvere accumulata sui mobili e sul tavolo, il piano terra era in ordine e non mancava nulla. Una delle due anomalie che ricordava, però, risiedeva al piano superiore, precisamente sulla scrivania. I cassetti laterali erano accessibili, mentre il cassettone centrale era dotato di una serratura ed era stato lasciato chiuso. Un particolare che non era passato inosservato all'ispettore e dimostrava che qualcuno si era intrufolato di soppiatto in casa di Nevil Morgan dopo la sua sparizione; sapeva cosa cercare e dove, ma aveva compiuto l'errore di chiudere il cassetto dopo averne sottratto il contenuto. A parte questo, infatti, il furto si era rivelato da vero professionista. Ciò che era stato rubato doveva avere un grande valore, anche se Dorian Bayley non era certo che si trattasse del manoscritto. Anche sulla toppa del cassettone non c'erano striature o graffi, per cui il ladro doveva aver usato una copia della chiave o l'originale sottratta in precedenza.

Si alzò e scese le scale, posizionandosi in un punto da cui poteva avere una visione d'insieme del piano terra. Lo spazio si sviluppava in lunghezza, con una pianta regolare che delimitava un unico ambiente. Di poco spostato a destra, un tavolo tondo con tre sedie poggiava su un tappeto di color beige e creava un angolo accogliente vicino un camino rifinito in pietra. Sulle pareti due mobili a scompartimenti contenevano un gran numero di libri, mentre sugli spazi liberi erano appesi dei quadri che raffiguravano nature incontaminate. Su un piccolo scrittoio all'angolo facevano bella mostra una serie di oggetti in miniatura disposti con cura, frutto, forse, di una passione per il collezionismo. Adagiata sulla parete di fondo, infine, troneggiava un mobile libreria che vi si incastonava come fosse stato creato su misura. L'ispettore camminò avanti e indietro diverse volte, cercando di notare qualcosa che potesse destare la sua curiosità. Di nuovo il suo sesto senso si svegliò e iniziò a pulsargli dietro la nuca.

"Ovvio!" esclamò piantandosi al centro della stanza.

Uscì e si fermò all'esterno, in prossimità dell'angolo che delimitava l'inizio del lato lungo della stanza. Lo percorse per intero contando i passi, poi tornò indietro ripetendo l'operazione. Rientrò in casa, si appoggiò alla parete e contò i passi che la separavano da quella opposta. Non c'erano dubbi: le dimensioni della stanza erano inferiori di almeno due passi rispetto alla parete esterna che la delimitava.

"Una stanza tenuta segreta" concluse tra sé.

Si avvicinò al mobile incastonato e lo esaminò con attenzione, passando con le dita ogni interstizio visibile. Fece pressione in alcuni punti avvicinando l'orecchio, stando attento a non fare rumore. Arrivato fino all'angolo di sinistra, spostò lo scrittoio curandosi di non far cadere gli oggetti, mise i palmi delle mani nello stesso punto al centro e la pressione esercitata fece scattare un click. Una parte della libreria, grande poco meno di un uomo di media statura, si spostò di qualche pollice. Tolse i libri dalla mensola e infilò una mano; con i polpastrelli agganciò un'invisibile rientranza intarsiata nel legno del mobile, che usò per tirare a sé la porta che aveva appena scoperto.

All'interno era racchiuso il mondo segreto di Nevil Morgan. La sua anima proiettata in una dimensione inafferrabile, misteriosa, regolata dal soprannaturale e dalla magia. Dorian Bayley sapeva che Nevil Morgan era un uomo eccentrico, ma scopriva solo ora che l'intera sua vita era regolata dal misticismo. Il ripostiglio somigliava a un piccolo museo dell'occulto; oltre a diversi oggetti esotici, feticci, candele e manoscritti esoterici, su un appendiabiti erano sistemati due lunghi mantelli con cappuccio, uno nero e uno rosso. Sulla schiena di quello scuro era cucita una strana croce di colore giallo, con i quattro lati asimmetrici composti da linee intrecciate strette al centro da laccio trasversale. I raggi della croce non si univano al centro, ma lasciavano uno spazio quadrato anch'esso composto da linee intrecciate dello stesso colore del grano in fioritura. Sul retro del mantello rosso, invece, era rappresentata una donna dallo sguardo sereno, con un lungo abito aderente che ne metteva in evidenza le forme aggraziate e una mantellina che scendeva delicatamente sulle spalle. La figura tendeva le braccia in avanti e sorreggeva un cesto. Nel lato più nascosto erano sistemati dei ramponi da neve in legno e uno sportelletto di circa venti pollici incastonato sul muro all'altezza degli occhi. All'interno Dorian Bayley trovò un porta libro in legno con due supporti alla base. Il contenuto era sparito; era lecito pensare che si trattasse del terzo manoscritto. Per completare la collezione, all'assassino non rimaneva che rubarne soltanto un altro.

"Martin, ho bisogno di parlarti."

Uscito da casa dell'ispettore Morgan, Dorian Bayley si era subito diretto a casa dei Ford. Era stato fatto accomodare su una poltrona accanto al camino acceso. Il ragazzo, provato e spaventato dalla vicenda, teneva in mano un bicchiere di Brandy pieno a metà. In quel momento la madre era in paese per delle commissioni.

"Ispettore, deve credermi, non so dove si trovi mio padre."

"Al momento voglio sapere perché sei entrato in casa di Nevil Morgan dopo la sua scomparsa; cosa stavi cercando di tanto importante?"

Il viso del ragazzo divenne bianco come il latte.

"Che co … cosa sta dicendo? Non sono mai stato in quella casa, non ho mai rubato nulla in vita mia."

"Martin" riprese con calma l'ispettore "so che

non c'entri nulla con questa storia, ma so che ne sei stato coinvolto gioco forza. Su tuo padre pendono capi d'accusa molto gravi, quindi è meglio che la smetti di mentirmi."

Martin Ford iniziò a sentirsi con le spalle al muro. Sapeva che stavolta l'ispettore non stava bluffando.

"Il giorno in cui mi hai seguito, ricordi? Ho controllato le impronte lasciate sulla neve, corrispondono perfettamente alla misura del tuo piede. Ieri, quando sei uscito di casa mentre parlavo con tuo padre sull'uscio della porta, ne hai lasciate sulla terra e allora non ho avuto più alcun dubbio. Inoltre solo due persone in paese hanno dimestichezza con serrature e chiavi e George Davies ha una conformazione fisica del tutto differente. Ma è stato proprio lui a raccontarmi di averti avuto come apprendista quando eri un adolescente. È l'unico fabbro in paese e nel suo laboratorio ci sono solo due modelli di chiavistelli, uno per i mobili grandi e uno per scrittoi e scrivanie. Deve essere stato semplice fare un duplicato della chiave e non lasciare alcuna traccia. Sarebbe stato un furto perfetto se non avessi commesso l'errore di chiudere il cassetto una volta preso il contenuto. Chi mai ne terrebbe uno vuoto sotto chiave? So anche che quel giorno hai portato via solo una parte della refurtiva; quando sei tornato per terminare l'opera, però, ti sei accorto della mia presenza e sei fuggito in tutta fretta. Ora ho bisogno che mi racconti tutto quello che sai."

Il ragazzo bevve il Brandy tutto d'un sorso e sprofondò con la schiena nella spalliera imbottita della poltrona, espirando come se avesse trattenuto il fiato per un minuto.

"Non so dove si nasconde mio padre ma ha ragione, è stato lui a convincermi a fare una copia della chiave e recuperare un diario e un manoscritto da casa dell'ispettore Morgan. Sapevo dove cercare; qualcuno, però, mi ha preceduto. Sono riuscito a prendere il diario ma il libro era già sparito. Prima che me lo chieda non so cosa contenga il diario, l'ho consegnato a mio padre senza aprirlo. Ma forse è il caso che mi segua: le mostrerò qualcosa che potrà esserle d'aiuto con le indagini."

Indossarono i cappotti e uscirono nel giardino; superarono il cimitero e si diressero verso un sentiero che si perdeva nel bosco, fermandosi prima in un capanno che fungeva da magazzino per gli attrezzi da lavoro.

"Indossi questi" si rivolse Martin all'ispettore porgendogli un paio di ramponi da neve mentre anche lui faceva altrettanto "Il sentiero è piuttosto tortuoso."

Dorian Bayley li indossò e fece qualche passo; i ramponi aderivano bene alle suole delle scarpe e lasciavano impronte regolari più profonde di quelle che si sarebbero formate senza. Martin Ford fece strada tenendo un bastone in mano, mentre l'ispettore si posizionò alla sua sinistra.

"Dove siamo diretti?"

"Verso sud fino alle abitazioni dei Wilson e di Padre Beathan; da lì dobbiamo risalire il bosco verso i grandi pascoli, proseguire e superare la staccionata che delimita la proprietà del giudice Owen."

Anche in questa zona la vegetazione era talmente fitta da non permettere ai raggi del sole di penetrare. Il sentiero calò quasi subito in una penombra silenziosa e il freddo divenne pungente.

"Mio padre è un uomo onesto, ispettore, e gran lavoratore. Non ama la compagnia e ha un brutto carattere. Questo, però, non fa di lui un assassino" esordì il ragazzo.

"Raccontami tutto ciò che sai" si limitò a ribadire Dorian Bayley.

"Il giorno del furto a casa mia ho ricevuto un telegramma da parte di mio padre, che mi pregava di tornare a Greystone con la massima urgenza. Mi sono preoccupato e sono partito la sera

stessa. Quando lo vidi alla stazione non era più lui; più che un manoscritto sembrava gli avessero portato via un figlio. In maniera molto confusa mi raccontò di un pericolo che correvamo e della necessità di agire senza esitazione per prevenirlo. Sin da piccolo ho notato in lui una strana inclinazione per l'esoterismo; frequentava spesso casa di Madame Eleonor, una vecchia signora mezza svitata che vive nel bosco e che molti considerano una veggente. Ha contatti anche con il giudice Owen e il sindaco Chapman, cosa strana data la loro differenza di classe sociale. Spesso vedevo girare per casa anche il commissario Morgan che, a un certo punto, ho iniziato a considerare uno di famiglia."

"Per quale motivo tuo padre aveva rapporti continui con queste persone?"

Martin Ford allargò le braccia.

"Fino a poco prima che lasciassi Greystone non mi era mai stato chiaro. Poi mio padre mi svelò un segreto con la promessa che non lo avrei mai dovuto condividere con nessun altro. Ma la situazione di pericolo che stiamo vivendo mi impone di rompere quella promessa."

"Se vuoi aiutarmi a catturare il colpevole non c'è altra soluzione" l'incoraggiò Dorian Bayley.

"Greystone non è il paese tranquillo e prospero che appare agli occhi di un forestiero. Dietro i visi sorridenti si nascondono segreti inconfessabili. Gli abitanti sono vittime di strane forme di superstizione e agiscono solo in base alla fede che abbracciano. Lei stesso se ne sarà già fatto un'idea e se legge le cronache locali scoprirà che spesso, nei boschi, sono stati rinvenute tracce evidenti di messe nere, sacrifici animali, croci, simboli satanici e cose del genere. Mio padre Adam Ford, il sindaco Montgomery Chapman, il giudice Frank Owen e l'ispettore Nevil Morgan fanno parte di una setta che pratica una forma di magia collegata all'antica religione dei Celti. Si ritengono depositari di un sapere con cui sarebbero in grado di contrastare le forze malvagie provenienti dal mondo degli inferi. Grazie ai miei genitori sono riuscito a lasciare Greystone quando ero molto giovane; ho studiato medicina a Londra e successivamente mi sono trasferito a Liverpool, dove lavoro come assistente medico. Non ho mai creduto alla magia, quindi quello che le racconto per me ha solo un valore storico."

"Credi che la sparizione di tuo padre sia da collegare con quello che mi stai raccontando?"

"Ne sono certo. Oltre alle storie che mi sono state raccontate mi sono informato personalmente. I celti celebravano la fine del raccolto e

l'arrivo dell'inverno con il rito del Samhain. Era considerato un periodo ambivalente, ricco di suggestioni e carico di magia. La credenza popolare ritiene che una sola volta l'anno, la notte tra il 31 ottobre e il primo novembre, il varco che separa il mondo dei morti da quello dei vivi si apra e permetta ai primi di far visita ai loro cari. Secondo credenze ancora più antiche, però, oltre alle anime quiete dei defunti, esistono entità oscure che tentano di varcare la porta allo scopo di far precipitare il mondo nelle tenebre eterne e in uno stato di caos primordiale. Sono demoni che impersonificano il male nella sua forma più pura. Gli adepti della setta vigilano affinché il male non attraversi la porta e venga mantenuto il naturale ordine dell'universo."

"Mi stai dicendo che tuo padre è sfuggito alla cattura e si è nascosto solo per celebrare un rito magico?"

"Conoscendolo penso di sì, anche se la sparizione dei manoscritti complica la faccenda; la formula per celebrarlo si trova nascosta in quei quattro libri e che io sappia non ne esistono altre copie al mondo."

 Il sentiero si aprì e si ritrovarono in mezzo a distese di campi usate dai pastori per far pascolare i greggi. Continuarono a camminare per al-

cuni minuti fin quando non ripresero il sentiero che saliva in direzione est rispetto al centro del paese; giunsero, infine, davanti una staccionata.

"Qui inizia la proprietà del giudice Owen. Dobbiamo scavalcare la staccionata commettendo una piccola violazione di proprietà privata, ma credo che il fine giustifichi questo piccolo azzardo. Al di là proseguiremo per circa tre miglia, fino alla radura che si apre nel bosco."

A parte la recinzione, che per buona parte era coperta da bassa vegetazione muschiosa, il bosco proseguiva senza soluzione di continuità. L'ultimo tratto di cammino lo fecero in silenzio, cercando di ripararsi dal freddo e scansando la neve che cadeva dai rami carichi.

Lo spazio si apriva per alcune centinaia di yard e la forma ricordava un'ellisse irregolare. A sinistra, dove alberi a fusto creavano una parete alta circa trenta yard, scendevano delle fitte rampicanti, che somigliavano a un enorme sipario da teatro tirato giù.

L'ispettore continuò a seguire Martin, che si era avvicinato alla parete e sembrava cercare qualcosa.

"Da questa parte" gli indicò facendo alcuni passi a ritroso.

Prese due torce nascoste nella boscaglia e le

passò all'ispettore. Poi gli indicò un punto, allungò entrambe le braccia e con le mani unite a mo' di preghiera si aprì uno stretto varco tra le piante nodose. Attese che l'ispettore gli fosse dietro e le lasciò cadere alle loro spalle. Si trovarono dentro una grotta. L'ambiente era buio e si sentiva solo un forte odore di umidità e fuliggine.

Martin prese una delle torce, l'accese e fece altrettanto con quella che teneva in mano l'ispettore. Si trovarono lungo uno strettissimo corridoio scavato nella roccia, che percorsero in fila indiana. L'incredulità di Dorian Bayley era pari solo alla sua curiosità. Attraversarono il cunicolo fino a quando, di fronte a loro, non si aprì una enorme camera.

"Questo era l'ingresso originario della grotta; nel corso dei secoli è stato chiuso e nascosto con vegetazione spontanea. È considerato un luogo sacro, il punto di contatto tra i mondi ed è qui che i Druidi, gli antichi sacerdoti celtici, venivano a pregare le loro divinità."

"Incredibile" esclamò Dorian Bayley, che prese a ispezionarla con la stessa accortezza di un visitatore in una sala museale. Sulle pareti erano disseminati disegni incisi di esseri antropomorfi e simboli geometrici. Nel loro insieme davano l'idea di una scena continua, anche se i significati erano oscuri. In fondo alla camera si apriva un corridoio che si perdeva nelle viscere della terra.

"Mi segua a breve distanza; questo luogo è un labirinto e all'interno si aprono una serie di gallerie secondarie che nemmeno io so dove conducono."

L'atmosfera che si respirava era qualcosa di sconvolgente. Quel luogo sembrava l'accesso verso un'altra dimensione. A parte il gocciolio che proveniva da qualche apertura nella roccia e brevi fischi generati dal vento che si incuneava tra le pareti, il silenzio era tombale. Dorian Bayley riusciva a percepire il rumore del fuoco sprigionato dalla torcia ardente. I sensi si erano di colpo ravvivati.

"Ora a destra" indicò Martin procedendo con sicurezza.

"Come mai conosci così bene questa grotta?"

"Mio padre ha voluto che la conoscessi e che ne imparassi il significato che rappresentava per lui e per la setta di cui fa parte. Forse è questo il vero motivo che lo spinse ad adottarmi. Quando ero piccolo spesso ci venivo insieme a lui e all'ispettore Morgan. Una volta vidi anche Madame Eleonor insieme al Sindaco Chapman e al giudice; indossavano delle lunghe mantelle votive e sembrava che stessero celebrando delle preghiere."

Superato il cunicolo, lo spazio si aprì nuovamente. Da una sala più piccola e allungata era stata ricavata una catacomba. Sulle pareti laterali, scavati nella roccia, c'erano dei letti colmi di vasi ammassati tra di loro.

"Far parte di una setta esoterica portava alla scomunica" spiegò Martin "e quando un membro moriva veniva cremato e posto all'interno di un'urna funeraria. In questa stanza sono conservati i loro resti."

La camera terminava con la strada che si divideva in due corridoi. All'intersezione Martin voltò a sinistra ma Dorian Bayley gli fece cenno di fermarsi.

"Aspetta, sento qualcosa."

"Cosa?" chiese Martin voltandosi.

"Fammi strada da questa parte."

Man mano che si addentravano un odore sempre più forte invadeva le loro narici. A un certo momento divenne talmente acre che i due dovettero coprirsi il naso e la bocca con un fazzoletto. Sul fondo, il cunicolo si divideva in altri tre corridoi. Dorian Bayley continuò a seguire l'odore e giunse alla fine di una stretta galleria senza uscita. Alzò la torcia per fare luce; adagiato sulla parete, disteso come se qualcuno lo avesse lasciato seduto e poi il corpo fosse pian piano scivolato, il cadavere di Nevil Morgan era in uno stato avanzato di putrefazione, anche se il volto gonfio non aveva ancora perso i connotati originali.

"Santo cielo!" esclamò inorridito Martin Ford, che chiuse gli occhi voltandosi dall'altra parte.

"Un altro mistero risolto" sentenziò Dorian Bayley.

"È stato ucciso il giorno della sua scomparsa e il corpo nascosto in questa grotta. L'assassino contava di tornare a prenderlo per seppellirlo chissà dove, ma è stato a sua volta ucciso. Martin" si voltò verso il ragazzo che era rimasto pietrificato dalla paura "mostrami dov'è l'ingresso, poi faremo recuperare il corpo."

"Oddio mio" continuò a ripetere il figlio di Adam Ford con voce tremante mentre faceva strada e si allontanava da quella che era diventata la tomba dell'ispettore Morgan.

Camminando giunsero in una stanza irregolare; in fondo, alcuni scalini erano stati ricavati dalla roccia e terminavano davanti una porta sigillata.

"Questa porta segreta conduce nella biblioteca della chiesa" disse Martin Ford.

"Ecco da dove è fuggito l'assassino" esclamò sbalordito Dorian Bayley.

Salirono le scale in fila indiana; quando furono in cima Martin tirò una leva nascosta in una rientranza sulla destra. Una lama di luce filtrò lungo i tre lati della porta; con una leggera pressione si spalancò verso l'esterno.

"Questa chiesa fu costruita circa due secoli fa, utilizzando il perimetro del vecchio santuario celtico, una costruzione in pietra i cui resti sono ancora visibili all'esterno. Era prassi della chiesa cercare di eliminare ogni simbolo considerato pagano, spesso fagocitandolo all'interno del nuovo credo cristiano. La storia segreta racconta che i membri della setta, perseguitati e costretti a rifugiarsi nei boschi, costruirono segretamente nella roccia la stanza che collega la grotta a quella che oggi è la biblioteca, e questo per non disperdere la magia che loro consideravano pervadere questo spazio, origine e fulcro della loro religione, la cui energia doveva essere canalizzata durante le battaglie contro i demoni."

Mentre ascoltava le parole di Martin, Dorian Bayley ne studiò la conformazione; il meccanismo era simile a quello scoperto in casa dell'ispettore Morgan. La porta segreta era nascosta in un mobile libreria diviso in scaffali interni. Questa, però, poteva essere aperta solo giungendo dalla grotta e non viceversa.

"Ecco perché non sono riuscito a trovarla quando ho ispezionato la biblioteca" pensò sussurrando l'ispettore "ed ecco spiegata l'origine di quel terriccio ritrovato vicino il corpo e vicino l'altare. Nevil Morgan deve avere scoperto quasi subito che l'autore del furto era Vernon Doyle. A lui, però, interessava prima di tutto recuperare il manoscritto. Il giorno della sua sparizione ha usato il passaggio segreto ed è entrato in biblioteca lasciando aperta la porta, dato che aveva deciso di usare il passaggio anche per fuggire. Ha incontrato Vernon Doyle, poco importa se per caso oppure no, e lo ha assalito e ucciso. Preso dal panico Vernon Doyle ha preso il cadavere, lo ha avvolto in un telo di cotone per non lasciare tracce di sangue e lo ha trascinato giù per le scale e nascosto in un punto sicuro. Tornato in biblioteca ha chiuso la porta senza rendersi conto che non avrebbe più potuto aprirla. Ignorando dove si trovasse l'ingresso della grotta non ha più potuto recuperare il cadavere. Prima che potesse organizzarsi, però, è stato ucciso a sua volta pochi giorni dopo. Il suo assassino ha raccolto la terra sotto le suole delle scarpe perché veniva anch'egli dalla grotta e l'ha lasciata sul pavimento durante la colluttazione. Quella che ho trovato il giorno del rinvenimento del cadavere corrisponde esattamente a quella che è accumulata sotto i ramponi. Al contrario di Vernon Doyle, però, il secondo omicida ha avuto l'accortezza di lasciare la porta aperta ed è potuto fuggire indisturbato. Martin, va subito a chiamare Gordon e Jacob e falli venire qui in carrozza. Dobbiamo trasportare il corpo dell'ispettore nell'obitorio del cimitero. Voglio essere onesto con te: questi nuovi indizi non fanno che confermare i miei sospetti su tuo padre. Se prova a mettersi in contatto con te convincilo a costituirsi per non aggravare la situazione. Non permetterò che si uccidano altre persone."

"Capisco, ispettore, ma io rimangono convinto dell'innocenza di mio padre. Corro ad avvisare i suoi agenti" disse prima di iniziare a correre con il cappello stretto in mano.

Quando alcune ore dopo giunse all'obitorio del cimitero, Dorian Bayley trovò il dottor Burlow che aveva appena terminato di analizzare i due cadaveri. Aveva ancora le maniche della camicia arrotolate e un lungo grembiule di pelle marrone stretto intorno alla vita. La stanza era enorme e spoglia; alcuni grandi blocchi di ghiaccio disposti negli angoli mantenevano la temperatura ideale per preservare i corpi da un rapido disfacimento. Un largo lampadario centrale illuminava i lettini d'acciaio su cui erano sdraiati i corpi delle vittime, mentre il resto della stanza rimaneva avvolto nella semioscurità.

Dopo essersi lavato le mani il patologo si tolse il grembiule, si sistemò le maniche e indossò la giacca.

"Scoperto qualcosa dottor Burlow?" chiese l'ispettore mentre gettava uno sguardo sulle vittime.

Il viso del medico era provato.

"Ho analizzato i corpi in maniera superficiale, è ovvio, ma le posso confermare che Margaret Strain è morta dissanguata a causa di un profondo taglio alla gola, mentre l'ispettore Nevil Morgan è stato ucciso con un colpo contundente che gli ha quasi fracassato il cranio nella parte posteriore. La morte deve essere giunta per entrambi quasi istantaneamente."

"Due modi molto differenti di uccidere" disse l'ispettore mentre esaminava le ferite.

Il dottor Burlow gli indicò il collo della donna.

"La carne in questa zona presenta una lacerazione compatibile con un coltello dotato di una lama di notevole spessore. Anche se devo portare a termine alcune analisi e comparazioni, la ferita presenta la stessa angolazione di quella ri-

scontrata sul corpo di Vernon Doyle. Anche su questa vittima il taglio è stato inferto da destra verso sinistra, ma con minore forza. È chiaro che l'intento dell'assassino era quello di uccidere. Nel caso dell'ispettore Morgan, invece, la dinamica fa pensare a un'azione istintiva e non preventivata; forse un raptus improvviso ha fatto scatenare una rabbia cieca e feroce. Il corpo della povera donna era ancora caldo e la morte può risalire a meno di un'ora prima della sua scoperta, mentre l'ispettore Morgan deve essere stato ucciso alcuni giorni fa. Difficile stabilire con precisione quando; il grado di umidità e i batteri presenti in una grotta possono modificare i tempi di un normale processo di decomposizione post mortem. Anche su questo saprò essere più preciso dopo aver studiato i due corpi."

"Da destra a sinistra" rifletté Dorian Bayley.

"Non c'è dubbio" gli fece eco il patologo.

"Ha tagliato a entrambi la gola ma ha infierito solo sul corpo di Vernon Doyle. Come mai secondo lei?"

"Difficile da stabilire. È possibile che nel caso di Vernon Doyle l'assassino sentisse la necessità di scaricare una rabbia repressa che si era scatenata d'improvviso e ha continuato a infierire fino a quando non ha saziato la sua sete di sangue. Per quanto riguarda la donna, invece, esiste la possibilità che l'assassino non avesse programmato di ucciderla, ma è stata eliminata perché si è trovata incidentalmente sulla sua strada. Non le nego che mi interesserebbe molto studiare una mente così contorta."

"Un uomo fuori controllo e molto pericoloso, che vuole raggiungere uno scopo ed elimina ogni ostacolo che si trova di fronte. Aveva ragione lei quando parlava di una missione da compiere. Una missione che purtroppo non è ancora stata portata a termine. Occorre fermarlo prima che compia un altro massacro."

"Ho paura, ispettore, che il colpevole farà di tutto pur di non farsi catturare. Presti la massima attenzione."

"Non dubiti dottor Burlow. Buona sera e grazie per le informazioni" salutò Dorian Bayley toccandosi la fresa del cappello.

"Buona sera a lei, ispettore" replicò il patologo mentre con la mano sinistra indossava il cilindro nero e si avviava verso l'uscita, dove una carrozza era pronta per riportarlo in paese.

31 Ottobre 1884 - Venerdì

"Jacob, tra cinque minuti vieni nel mio ufficio" disse l'ispettore al suo agente subito dopo essere entrato in commissariato.

All'interno la stufa era accesa e la stanza ben calda. Si tolse il cappotto e il cappello, versò dell'acqua nella teiera e dalla tasca della giacca tirò fuori un'elegante porta sigari. Nel modo di posarlo sulla scrivania notò due buste sigillate; la più grande proveniva da Londra, quella più piccola da Little Castle. Non fece in tempo a mettere l'acqua a scaldare che Jacob bussò.

"Entra pure."

"Ispettore, questa mattina sono arrivato molto presto e mi sono permesso di accendere la stufa. Inoltre le ho lasciato sulla scrivania due plichi, una lettera proveniente da Scotland Yard e un telegramma urgente."

"Ascoltami Jacob: Adam Ford è fuggito, non sappiamo dove si trovi, ma sappiamo cosa sta cercando; ho motivo di credere che il quarto libro sia nella disponibilità del sindaco Chapman, anche se lui mi ha garantito di non saperne nulla. Che gioco stiano giocando queste tre persone non l'ho ancora capito, ma occorre che tu e Gordon andiate da lui e lo proteggiate nel caso qualcuno si facesse vivo con cattive intenzioni. Purtroppo non ho il potere né di portarlo in commissariato né di perquisirgli casa. Ma posso senz'altro fare in modo che non gli accada nulla. Voglio che siate armati. Chiama Gordon e preparatevi."

"Agli ordini!"

Uscendo l'agente accompagnò la porta e la richiuse. Dorian Bayley ne approfittò per dedicarsi al suo rito mattutino. Finì di tagliare il sigaro, prese una tazza, versò le foglie di tè e le inondò con acqua bollente. Mentre accendeva il sigaro si godette l'aroma di tabacco che si spandeva. Aprì la busta proveniente da Londra; all'interno un documento riportava i risultati di un'analisi chimica che l'ispettore aveva richiesto sui residui erbosi trovati su una mensola in biblioteca il giorno del primo omicidio. Scorse tutte le parti che non gli interessavano e andò dritto alla seconda pagina, dove c'era la lista dei componenti; la lesse e trovò le conferme che cercava: polvere di Dover e laudano. Accantonò l'incartamento e aprì la busta proveniente da Little Castle con un taglierino; era un telegramma urgente inviato da Edmund Vinson, il famoso esperto d'arte e storico. Prese in mano il foglio con la sinistra, mentre con la destra continuava a sorseggiare il tè; ne lesse il testo, che recitava:

L'originale è scritto in greco arcaico (stop).

"Greco, non latino" sussurrò con aria sorpresa.

Restò impietrito; la tazza gli scivolò dalle mani finendo a terra e inondando il pavimento di tè e frammenti di coccio.

Si riprese e si affrettò a richiamare i due agenti.

"Ascoltatemi bene: correte all'abitazione del sindaco e rimaneteci finché non sarò di ritorno."

"Lei dove va nel frattempo?" chiese Gordon Craig mentre terminava di sistemarsi la divisa e controllava lo stato della rivoltella.

"Vado a mettere fine agli omicidi."

Dorian Bayley non aveva percorso molta strada. Dopo essere uscito dalla sua stanza aveva sceso i gradini che lo portavano nel seminterrato.

"Finalmente" disse Darrel Bennet vedendolo "desideravo parlare proprio con lei."

Un quarto d'ora più tardi, dopo aver abbandonato l'edificio, imboccò Main Street e si fermò davanti l'antico abbeveratoio, dove controllò che la pistola fosse carica. L'aria gelida del mattino gli entrava nei polmoni come tante lame taglienti. Ora che il cerchio si stava per chiudere tutto gli appariva lineare, come se gli indizi fossero andati al loro posto per inerzia. Il peso che lo attanagliava iniziava ad alleggerirsi; nel giro di due giorni avrebbe fatto ritorno a Londra, portando con sé tutte le sensazioni che lo avevano accompagnato a Greystone, oltre a un carico di birra prodotta da Tom Porter.

Proseguì a passo lento per evitare cadute sulla strada ghiacciata, cercando appigli sicuri e aiutandosi, dove poteva, passando sotto portici o ai lati, dove la neve era ammassata e si manteneva soffice. Gli abitanti che incrociava tenevano la testa chinata; ogni tanto qualcuno accennava un saluto distratto. A St. Patrick Square voltò per King's Road, superò la locanda e tirò dritto fino a perdersi nel bosco. Vedeva il muro di cinta del cimitero che faceva capolino tra gli alberi piegati dalla neve, scesa copiosa tutta la notte. Promise a sé stesso che, non appena tornato a Londra, avrebbe acquistato due paia di ramponi; le scarpe che indossava erano ormai da mandare al macero.

Proseguì assaporando il silenzio della natura incontaminata. Era certo che la purezza della neve fresca avrebbe ripulito il paese da tutto il sangue versato. Un segno indelebile sarebbe rimasto per sempre ma una cicatrice avrebbe preso il posto di una ferita sanguinante, e tanto sarebbe bastato per rendere quieti gli animi delle persone.

Intravide due abitazioni in lontananza. Si avvicinò e, nel giardino a sinistra, osservò una bambina che stava giocando con un cucciolo di cane. La porta era aperta e di tanto in tanto la madre si fermava sul ciglio per controllare che tutto fosse a posto. Quando la donna vide l'ispettore avvicinarsi, lo fissò come in attesa di istruzioni. Dorian Bayley fece cenno di far rientrare la bambina e proseguì avanti. Dai comignoli delle case usciva tanto fumo da sembrare ciminiere di locomotive lanciate a grande velocità.

Entrò in giardino passando dal retro. Le tende delle finestre erano tirate, per cui si piegò sulle ginocchia e camminò a piccoli passi per non essere visto. Mise la rivoltella in un punto della cinta facile da raggiungere. Dietro l'angolo c'era l'unica porta d'ingresso. Si alzò in piedi e decise che la cosa migliore non fosse entrare di soppiatto, ma bussare come fosse una visita di cortesia. Era certo di non aver creato sospetti di alcun tipo. Nella mente di ogni abitante del villaggio il fuggitivo da ricercare era Adam Ford, il responsabile degli omicidi e del furto dei manoscritti. Il suo complice era in prigione. Degli altri non c'era da preoccuparsi, dato che si trovavano sotto stretta sorveglianza.

Bussò alla porta dopo aver ripreso il suo normale aspetto rilassato.

Sentì dei passi avvicinarsi; era certo di trovarlo.

"Buongiorno, ispettore, mi fa piacere la sua visita; entri pure e prenda una tazza di tè calda."

"Buongiorno padre Beathan" rispose Dorian Bayley mentre toglieva il cappello ed entrava in casa.

Il prete fece accomodare l'ispettore, chiuse la porta e si diresse in cucina. Ne uscì con due tazze di tè fumanti che posò sul tavolo. Dorian Bayley ne afferrò una senza ringraziare; fissava l'uomo che aveva dinnanzi, spogliato degli abiti sacri, con i connotati mutati ora che la maschera che indossava si era sciolta come cera sul fuoco. Lo sguardo aveva perso quell'aura di bontà che sapeva trasmettere con tanta naturale maestria, tramutandosi in una sinistra espressione malvagia; il sorriso si piegava in una smorfia gelida, quando solo cinque minuti prima si era allargato come un lenzuolo candido steso ad asciugare. Senza l'abito Joseph Beathan metteva in mostra un corpo ben strutturato e muscoloso.

"Ha qualche novità, ispettore? Stavo finendo di prepararmi per andare in chiesa."

"Padre Beathan, dov'era la notte in cui è stato ucciso Vernon Doyle?"

Il volto del prete diventò paonazzo; riuscì solo a farfugliare un:

"per … perc … perché mai questa domanda ispettore?"

Dorian Bayley non smetteva di fissarlo, pronto a estrarre l'arma se si fosse accorto del minimo movimento sospetto.

"La prego di rispondermi padre."

"Forse dubita della mia onestà?" tentò di difendersi il prelato unendo le mani e portandosele vicino la bocca.

"Ho bisogno di una risposta" incalzò l'ispettore.

Come se iniziasse a mancargli l'aria, il prete si allentò il colletto della camicia e iniziò a respirare a fatica; fece due passi indietro finché non sprofondò nella poltrona. Serrò gli occhi e iniziò a pregare sussurrando qualcosa.

L'ispettore sbottonò il cappotto e avvicinò la mano alla rivoltella.

"Non è stato facile, lei si è rivelato astuto come una faina. Se avessi agito in maniera diversa forse avrei potuto salvare la vita di quella povera ragazza. Ma è stata la sua morte a farmi risolvere il caso. Ha commesso due soli errori, quasi trascurabili; nella colluttazione con Vernon Doyle non si è accorto di aver perso una lettera del suo medaglione, il simbolo dell'omega, che è finita in terra vicino al cadavere. Ho sbagliato a fidarmi delle mie conoscenze, perché ero convinto che la frase riportata all'interno della rosa anglicana, che recita "la verità vi renderà liberi" fosse scritta in latino. Quando ho iniziato a sospettare di lei, però, per non dare troppo nell'occhio, ho fatto inviare un telegramma al professor Vinson. Ieri sera ho ricevuto la sua risposta, in cui mi informava che i primi anglicani non usavano la lingua latina ma il greco. Quando sono venuto a farle visita, poi, ho visto che teneva più medaglioni in casa ma aveva smesso di portarli al collo dal giorno del primo omicidio, forse per paura che potessi accorgermi del particolare."

Padre Beathan sembrava non ascoltare; era raggomitolato su sé stesso e continuava a recitare la sua litania a occhi chiusi, dondolando con il corpo e tentando di trattenere un tremolio che si propagava dalle mani e saliva su per le braccia.

Come se nulla fosse, Dorian Bayley riprese il racconto, quasi per mettere ordine nella sua testa.

"Da solo, tuttavia, questo indizio non sarebbe stato sufficiente; la visita di ieri, però, si è rivelata molto utile. Sapendo che in casa conserva indizi pericolosi, in questi giorni ha avuto l'accortezza di non farsi mai trovare. In camera da letto c'era un rampone, il sinistro; il legno alla base è di colore più scuro rispetto alla suola, segno che è stato usato di recente, mentre vicino l'ingresso è appeso il destro, che presenta tutto il legno di uno stesso colore più chiaro. È stato lei a seguirmi nel bosco la prima volta che sono andato a far visita a madame Eleonor ed è stato lei ad aggredirmi vicino la locanda. La mattina dopo mi sono alzato presto per andare a studiare le impronte che aveva lasciato fuggendo; erano profonde allo stesso modo, mentre un uomo che zoppica ne lascia sempre una meno pronunciata. Lei è stato geniale nell'indossare solo un rampone, il sinistro, in modo che ad una analisi visiva nessuno avrebbe potuto attribuire quelle impronte a un individuo con una gamba menomata.

C'era poi da chiarire il mistero di quale mano avesse usato l'assassino per uccidere. Dallo studio delle ferite, il dottor Burlow ha appurato che i colpi sono stati inferti tutti nella stessa direzione, da sinistra a destra. Analizzando gli elementi trovati in biblioteca e in chiesa, avevo immaginato che l'omicida si fosse avvicinato frontalmente alla vittima, approfittando del buio, e avesse sferrato il colpo con la mano destra; Vernon Doyle non ha nemmeno avuto il tempo di accennare una difesa. Una volta a terra si è posizionato sopra il cadavere e ha infierito con altri due fendenti all'altezza dell'addome. Mi ero subito chiesto il perché di quell'inutile accanimento e perché, soprattutto, i colpi successivi fossero stati sferrati con meno forza e precisione. La risposta era chiara: servivano a confondere le acque e a far pensare che l'assassino fosse destrorso. Per farlo è stato sufficiente cambiare mano. Vernon Doyle era già cadavere, per cui ha potuto prendersi il tempo necessario a mettere in atto la messinscena. Ma è solo dopo aver visto in che modo era morta Margaret Strain che ho capito di essermi sbagliato. La domestica le ha aperto la porta, l'ha salutata e si è voltata per farle strada verso il salone. Lei si è avventato su di lei, l'ha afferrata con la mano destra alla vita e le ha tagliato la gola usando l'altra. Durante la cerimonia funebre l'ho vista girare le pagine del Vangelo con la sinistra; nessuno userebbe la mano avversa per compiere un gesto meccanico. Vernon Doyle ha rubato il manoscritto da casa di Adam Ford dietro sua richiesta; credendo di poter fare chissà cosa, ha deciso di celebrare il rito usando una parte della formula magica in esso contenuta. Per stimolare i sensi e cadere in una fase alte-

rata di coscienza si è preparato una bevanda in cui ha sciolto delle sostanze allucinogene. Preso dal panico e, forse, dalle allucinazioni, è fuggito in chiesa e si è messo a invocare il perdono del Signore di fronte l'altare. In quel momento lei è uscito dall'angolo buio in cui si era nascosto e l'ha ucciso tagliandogli la gola alle spalle. Lo ha fatto perché si era reso conto di non potersi più fidare di lui e sapeva che presto sarebbe stato scoperto e costretto a confessare. Non so come ma lei è conoscenza dell'esistenza della grotta all'interno della proprietà del giudice Owen e sa che uno dei corridoi conduce fin dietro la biblioteca. È stato facile usarla per arrivare in chiesa e fuggire senza il rischio di essere scoperto. L'errore che l'ha inchiodata, però…" concluse mentre estraeva la pistola "…l'ha commesso ieri, quando è venuto in commissariato; sono certo che lo ha fatto non per parlarmi ma per cercare di capire quali sospetti avessi e quali mosse stavo preparando, ma soprattutto era una scusa per intrufolarsi al piano seminterrato e parlare con Darrel Bennet, rassicurandolo sul fatto che mancava oramai solo un libro al reperimento di tutta la collezione che lui le avrebbe pagato a peso d'oro. Accortomi della sua strategia l'ho messa fuori strada parlandole di Adam Ford, che ormai sapevo essere innocente. Per non correre rischi non ne ho messo al corrente nemmeno i miei agenti, che potevano farsi sfuggire qualcosa dato il potere persuasivo che sembra avere con gli abitanti del villaggio e la facilità con cui si aprono con lei. Ha espresso il desidero che l'autore di questi crimini orrendi fosse presto consegnato alla giustizia. In quel momento ho avuto l'intuizione definitiva; come faceva a sapere che c'era stato un secondo omicidio se il corpo di Margaret Strain non era stato ancora scoperto dal giudice Owen? Solo l'assassino poteva saperlo, nessun altro. Usando il plurale lei si è auto accusato di essere l'autore di tutto l'orrore che Greystone ha vissuto nelle ultime due settimane. Padre Beathan, lei è uno psicopatico e il movente del denaro che avrebbe guadagnato vendendo l'intera collezione mi sembra piuttosto convincente, ma non è il solo. Perquisendo casa ho notato che conserva diversi testi di antropologia e alcuni che trattano di religioni antiche; ho l'impressione che nel tempo abbia acquisito la convinzione che si potesse manipolare la natura e ottenerne vantaggi vendendosi l'anima a un demone, tradendo il suo credo e sprofondando in una paranoica ricerca di una via verso l'immortalità. Una missione che l'ha portata a perdere il contatto con la realtà e a trasformarsi in un assassino senza scrupoli, in cui persone innocenti si sono trasformate in semplici ostacoli da superare. Sarà il giudice a stabilire la pena più giusta; da parte mia condanno senza attenuanti ogni individuo che prevarica un suo simile, che abusa della sua posizione e che sopprime una vita innocente. Ora la prego di seguirmi in commissariato."

Padre Beathan sollevò lo sguardo; gli occhi rossi erano bagnati da lacrime copiose che scendevano sulle guance e segnati da profonde occhiaie scure. L'impressione era quella di un uomo non più presente.

"Ho vissuto seguendo il sentiero disegnato da Dio, in rettitudine, chiedendo ogni sera perdono per i miei peccati, contrapponendo la forza della preghiera ai fluidi sensuali del demonio, sempre pronto a corrompere gli animi e a promettere in cambio ogni sorta di piacere terreno. Ma l'uomo è debole e spesso si trova ad affrontare una battaglia impari, che non sempre è in grado di vincere. Ispettore, la mia fede è salda e in ogni attimo vissuto ho sentito la vicinanza di Dio. Ho agito cercando di portare il bene e una parola di conforto a chiunque ne avesse bisogno, senza chiedere nulla in cambio, se non cercare di essere felici e in comunione con il Signore. Ma da tempo, nel mio cuore, è scesa l'oscurità; ho smarrito ogni sentiero e la mia anima vaga nel deserto arido della solitudine. Ho dovuto prendere le vite di due innocenti perché solo così avevo una speranza di ritrovare la luce; ma ora che sono stato fermato dentro di me sono calate le tenebre eterne. Si, ispettore, verrò con lei; mi dia solo il tempo di raccogliere alcuni oggetti che vorrei portare con me."

"Le do cinque minuti, ma non tenti di fuggire o sarò costretto a usarla" gli intimò Dorian Bayley sollevando il braccio e mostrando la rivoltella.

Padre Beathan si alzò e si diresse verso la stanza da letto, mentre l'ispettore ne seguiva i movimenti con attenzione. Anche se il prete sembrava docile e privo di energie, si trattava pur sempre di un uomo malato e quindi imprevedibile. Le parole da poco pronunciate confermavano la sua discesa verso la follia e il suo fervore religioso rischiava di trasformarsi in un pericoloso detonatore sempre pronto a far esplodere una violenza feroce.

Dorian Bayley, che era rimasto sulla soglia della camera da letto, sentì un rumore alle sue spalle e si voltò; non vide nulla e pensò fosse stato il gatto che Padre Beathan teneva in casa. In quel momento la porta della camera da letto si chiuse e si sentì la chiave girare a doppia mandata.

Dorian Bayley corse fuori in giardino e raggiunse la finestra sul retro. La tenda era chiusa; tornò in casa e cercò di capire cosa stesse accadendo. Il prete aveva ucciso usando sempre un coltello, per cui non era possibile che avesse una pistola in casa. Ma quell'uomo aveva dimostrato di possedere una grande intelligenza e ora che era stato scoperto poteva essere più pericoloso di un leone ferito in trappola. Sentì lo stridio di una sedia trascinata sul pavimento, poi alcuni rumori di arnesi che non riuscì a distinguere. Rimase immobile per alcuni interminabili secondi, poi decise che la cosa migliore fosse di fare irruzione nella camera. Per sua fortuna la porta era fatta di un legno leggero e sarebbe stata sufficiente una spinta energica per far saltare la serratura. Mise la rivoltella alla cintola e si preparò; mentre si preparava a entrare sentì un rumore sordo e subito qualcosa che stava vibrando. Prese una leggera ricorsa e si gettò di peso; la spallata violenta fece saltare i cardini e Dorian Bayley riuscì a entrare scaraventando la porta in terra. Gettò lo sguardo al centro della stanza e rimase sorpreso, quasi attonito. Il corpo inerme di padre Beathan penzolava ormai cadavere dal soffitto, appeso a una spessa corda di vimini con il collo spezzato e la lingua di fuori. Gli occhi senza vita erano iniettati di sangue. Decidendo di porre fine alla propria vita si era portato con sé tutte le verità inconfessabili dei suoi crimini. Nella sua mente deviata, forse, pensò l'ispettore, quel gesto doveva assumere una forma estrema di espiazione. Un cerchio di violenza che aveva visto spargere sangue innocente e che si chiudeva con l'ennesima vita stroncata. Ripensando a Vernon Doyle e a Margaret Strain, tuttavia, Dorian Bayley non riuscì a provare un sentimento di pietà per Joseph Beathan.

"L'affido al suo Dio" disse mentre tagliava la corda e depositava il corpo sul letto "se davvero esiste sarà lui a decidere il destino della sua anima."

Uscì chiudendo la porta con la chiave e si diresse verso la casa dei vicini; bussò piano per non spaventare la donna e la bambina.

"Sono l'ispettore Dorian Bayley, posso disturbarla? Non conosco il suo nome."

"Alice Wilson."

"Suo marito è in casa?"

"Sta lavorando nell'orto, è sul retro della casa."

"Può chiedergli la gentilezza di andare in paese e far venire i miei agenti? Si trovano in casa del sindaco Chapman. Dica loro di portare un carro da trasporto."

"Vado subito ispettore; vuole entrare in casa? Con questo freddo terribile è meglio che si metta vicino al camino."

"Grazie, madame, ma preferisco attendere fuori."

Dorian Bayley aprì il portasigari e ne prese uno già tagliato. Lo accese e fece la prima tirata socchiudendo gli occhi e alzando lo sguardo verso il cielo. Nell'attesa che i suoi uomini arrivassero per portare via il corpo si lasciò catturare dai ricordi e l'accenno di una lacrima calda gli spuntò dagli occhi inumiditi.

Per smettere di pensare dovette camminare; il buio era calato senza che se ne fosse accorto. Fuori dai davanzali erano state accese delle candele che illuminavano ciotole contenenti pane e formaggio e brocche piene d'acqua; Bayley non ne comprese il motivo, ma quell'immagine evocativa gli rimase impressa tutta la sera, distogliendolo dai ricordi più tristi.

31 Ottobre 1750

"Le linee del tempo stanno per congiungersi e tornare al loro punto d'origine; presto le porte dimensionali si allineeranno e creeranno il varco tra i mondi. Ma questa è la notte della terza madre, in cui le potenze del male cercheranno di abbandonare il loro regno dannato e varcare il sentiero che porta nel nostro mondo. Officiamo nel sacro tempio degli Dei la notte del Samhain nero, traiamo dalla terra le energie primordiali per combattere gli emissari del male."

Una lieve vibrazione del terreno anticipò un rumore sordo proveniente dalle viscere della terra.

Madame Althea si era posizionata al centro e fissava un punto della parete rocciosa. Il primo maestro a sinistra iniziò a sussurrare parole incomprensibili alle orecchie degli altri. Quando terminò sollevò le braccia e urlò:

"Ti invoco anima degli inferi."

In quell'attimo scoccò la mezzanotte.

Il silenzio fu interrotto da un rombo che emerse dal profondo ed esplose come una sorgente sotterranea che dopo un lungo percorso buio trova il suo sfogo all'esterno. Il pavimento si sollevò come un'onda, lo spazio iniziò a contrarsi e dilatarsi come avesse preso vita e stesse respirando.

Il secondo maestro ripeté i gesti e le movenze del primo, rimanendo immobile all'interno del cerchio. Dopo aver sussurrato la sua parte di formula strinse i pugni e li sollevò con rabbia come per colpire qualcosa.

"Appari e mostrati."

Le fiammelle azzurre sospese in aria divennero rosse, capovolgendosi e lasciando gocciolare un liquido ardente. La porzione della parete che Madame Althea non smetteva di fissare mutò di consistenza; una forte scossa fece piovere dal soffitto rocce acuminate, una delle quali colpì l'uomo che si trovava all'interno del quarto cerchio. Si udì un urlo di dolore che si propagò fino a confondersi con i rumori della terra che ansimava feroce come un animale ferito. Il gran maestro riuscì a non interrompere la catena; raccolse il libro e la pergamena, si rialzò tenendosi la spalla con l'altra mano e riassunse la posizione iniziale. Madame Althea agitò il bastone e la circonferenza dei quattro cerchi si illuminò come ardesse di vita propria.

La roccia della parete cambiò consistenza, quasi si stesse sciogliendo sotto una colata di lava che spingeva dall'interno. Le scosse si facevano più intense e la grotta sembrava sul punto di implodere su stessa. Voci e urla di terrore accompagnarono l'apparizione di una luce accecante, che costrinse i gran maestri a proteggersi gli occhi per non rimanerne feriti. Quando cessò, dal nulla apparve un'apertura irregolare; un enorme anfratto da cui proveniva un odore nauseante di corpi in decomposizione. Il sangue vischioso che gocciolava dalla navata appena formata si scioglieva come acido non appena toccava il pavimento.

Dal fondo del cunicolo spuntarono i contorni di una bestia deforme. Era enorme e si avvicinava a passi pesanti, lasciando profonde impronte al suo passaggio. La parte superiore del corpo aveva fattezze umane. Il viso era prognato e irregolare; la mancanza delle labbra metteva in mostra due file di denti aguzzi e marci, mentre dalle orbite degli occhi infossati colava un liquido denso e scuro. Due escrescenze fuoruscivano dalla zona frontale del cranio, ricoperto da radi capelli bruciati. La pelle del viso sembrava aggredita dalla peste. Le gambe, simili a zampe di ariete, terminavano con due larghi zoccoli ed erano interamente ricoperte di pelliccia. La cassa toracica si contraeva emettendo un lamento cavernoso.

Il demone fece alcuni passi in avanti e si fermò subito dopo aver varcato la soglia. Le mani ossute e lunghe impugnavano due lame affilate grondanti sangue. Prima che potesse avventarsi contro madame Althea il terzo uomo ripeté i movimenti degli altri due maestri; sussurrò alcune parole e, puntando le mani aperte contro il demone, ordinò:

"Ti imprigiono nel limbo del tempo, ombra della notte."

L'entità urlò come se cento lame gli avessero trafitto il corpo. Una forza invisibile lo costrinse ad allargare le braccia, lo sollevò di peso e lo scaraventò contro il muro, dove finì crocefisso con la roccia che gli aveva saldato braccia e gambe nella parete. La bestia si dimenava scuotendo il capo come avesse perso il senno, fermandosi solo per fissare i membri della setta con un'espressione di odio viscerale.

Madame Althea osservava la scena in attesa che l'ultimo dei maestri completasse la formula e rigettasse il demone oltre la porta; ma l'uomo giaceva in terra esanime a causa della ferita, che gli aveva fatto perdere una grande quantità di sangue.

"La bestia non rimarrà prigioniera a lungo" urlò la gran maestra "assorbiamo l'energia della terra madre per farlo sprofondare nel mondo dell'oscurità eterna."

Gli altri tre maestri sembravano prigionieri all'interno del cerchio, inermi come fossero caduti in un profondo stato di trance. Madame Althea lanciò una maledizione contro la bestia muovendo il bastone nella sua direzione; dal costato del demone si aprì uno squarcio profondo e subito il sangue iniziò a sgorgare a fiotti. Nello stesso momento lo sforzo sovrumano dell'entità vinse la resistenza della roccia, che si sbriciolò lasciandogli libero un braccio. Le urla di rabbia dilaniavano l'aria colma di umidità, trasportando la voglia di sangue umano come un odore pregnante. Il demone lanciò il coltello che impugnava tentando di colpire Madame Althea, ma la donna fu lesta a gettarsi sulla propria sinistra e schivare l'attacco mortale. Si rimise in piedi e raggiunse l'uomo svenuto; celebrò una formula e gli infuse energia procurandosi un taglio all'altezza dei polsi e appoggiando la ferita bagnata alle sue labbra. Sul viso del gran maestro tornò a pulsare la vita. Sanguinante e malfermo sulle gambe riuscì a mettersi in ginocchio, raccolse le forze rimaste e tornò all'interno del cerchio. Un grande masso si staccò dalla volta e colpì il terreno sfiorandolo di un nulla. La bestia, nel frattempo, era riuscita a liberare una delle zampe e continuava a dime-

narsi.

"Ora o sarà la fine" urlò Madame Althea raccogliendo tutto il suo potere e procurando al demone un secondo squarcio sul petto.

Dopo un attimo di esitazione il quarto uomo sussurrò la parte finale della formula. L'urlo della bestia riecheggiò spaventoso per tutta la grotta. Il suo corpo cadde inerme in terra e fu trascinato dalle zampe verso il cunicolo che univa le tre porte. Strisciando di forza il suo corpo enorme lasciava una scia di liquido nero sulla terra, mentre brandelli di carne si staccavano dal viso ricoperto di vesciche infette. Quando il buio lo inghiottì, la terra smise di tremare; le fiammelle ridivennero blu, per poi evaporare e sparire nel nulla. Madame Althea celebrò una formula davanti il varco, che iniziò a richiudersi con la roccia che lentamente riprendeva la sua forma solida. La navata scomparve inghiottita nella parete e il sangue di cui era impregnato si dissolse evaporando. Quando tutto ebbe fine i quattro maestri poterono abbandonare i cerchi e togliere i mantelli bruciati dal fuoco e strappati dalle schegge di pietra piovute come proiettili. Avevano i volti tumefatti e diverse ferite che sanguinavano in varie parti del corpo.

Quando Madame Althea annunciò che la bestia era stata sconfitta riassunse il suo timbro di voce naturale. Si voltò e sparì lungo il cunicolo da cui era entrata. I quattro maestri rimasero alcuni minuti a osservare il luogo in cui il bene e il male si erano scontrati in una guerra vecchia nata agli albori dei tempi e destinata a perpetrarsi all'infinito. La luce sarebbe rinata e il sole sarebbe tornato a sorgere ripetendo il suo movimento senza sosta. La speranza e la devozione gli avevano permesso di sconfiggere l'oscurità, ma sapevano che presto la bestia sarebbe tornata per portare il caos e la morte e così, fino alla fine dei tempi, nel ciclico scorrere del fiume della vita.

1 Novembre 1884 - Sabato

La nostalgia percorreva spesso sentieri tortuosi nella testa dell'ispettore Bayley. Aveva fatto i conti con un passato che non gli aveva risparmiato l'enigma più triste che un padre potesse sopportare; se l'era trascinato avanti per due decenni, con la dignità e il contegno che erano ascrivibili soltanto ad anime di grosso calibro. Ora che si apprestava a riordinare le sue cose, in quello che per qualche giorno era stato il suo ufficio, quella nostalgia anticipava la sua partenza. Non era stato molto tempo a Greystone ma il fervore di quei giorni, e quella strana atmosfera che si respirava, gli era entrata dentro con la forza di una tempesta che lascia l'imbarcazione in balia delle onde, per poi quietarsi e consegnare di nuovo il mare alla noiosa monotonia del suo rincorrersi.

"Avanti" rispose dopo aver sentito bussare alla porta.

Si affacciò Adam Ford; già dal primo sguardo a Dorian Bayley sembrò di vedere una persona diversa da quella che aveva conosciuto, o forse solo immaginato, nei giorni precedenti, quando tutti gli indizi portavano a lui.

"Prego si accomodi, Mr. Ford" gli disse mentre apriva un armadietto e tirava fuori una bottiglia di Brandy e due bicchieri.

"Tiene del Brandy nel suo ufficio" commentò Ford corrugando la fronte.

L'ispettore gli sorrise.

"Forse ho dimostrato di non conoscerla sino in fondo, Mr. Ford, ma da quanto vedo la mancanza sembra essere reciproca. A cosa vuol dedicare questo brindisi?"

"Alla ritrovata tranquillità di questo paese" rispose divertito.

"Alla tranquillità di questo magnifico paese" gli fece eco l'ispettore prima che i bicchieri si incontrassero in un dolce tintinnio.

"A cosa devo il piacere di questa visita?"

"Intanto volevo scusarmi se sono stato alquanto burbero ma, se avrà la bontà di ascoltarmi, potrò spiegarle il motivo del mio agire. Inoltre" aggiunse "devo consegnarle queste."

Poggiò sul tavolino un taccuino e una lettera chiusa.

"Questo è il diario di Nevil Morgan" constatò l'ispettore leggendo il nome riportato sulla copertina.

"… e questa è una lettera che madame Eleonor mi ha chiesto di consegnarle con la preghiera di

non aprirla prima di aver preso il treno per Londra."

L'ispettore annuì; prese la lettera, si alzò e la ripose nella tasca del cappotto appeso all'appendiabiti. Poi tornò a sedersi, bevve un altro sorso di Brandy e ne versò un secondo ad Adam Ford, che aveva già terminato il suo.

"Mi racconti pure."

"Tutto è iniziato da quel maledettissimo furto" esordì Adam Ford "come sappiamo è stato Vernon Doyle a introdursi di nascosto in casa mia. Un uomo insospettabile, mi creda, che sino a quel momento non aveva mai osato fare nulla che andasse non soltanto contro la legge, ma che potesse anche solo irritare o offendere una persona. Oltre a essere un amico fedele, Nevil Morgan era un bravo detective e non ha impiegato molto a comprendere chi ne fosse l'autore…"

"… è andato lì per recuperare la refurtiva" proseguì Dorian Bayley "o forse lo ha fatto di soppiatto utilizzando il corridoio segreto, ma Vernon Doyle lo ha scoperto e ucciso colpendolo alle spalle con un corpo contundente."

"Non è così semplice come sembra; è accaduto qualcosa di più terrificante."

L'ispettore intuiva quale piega Adam Ford voleva dare agli accadimenti; si mostrò interessato e lo esortò a proseguire.

"Vernon Doyle ha compiuto un'azione nefasta leggendo alcuni versi di una formula contenuta nel libro. Come sa, ispettore, quello è uno dei quattro manoscritti custoditi a Greystone e ognuno di essi contiene la parte di un antichissimo rituale magico, che serve a sbarrare la strada alle creature provenienti dal profondo degli inferi. Ogni 50 anni, approfittando di cicli astrali favorevoli, queste anime dannate tentano di oltrepassare il confine che li separa dal nostro mondo, durante quella che gli antichi sacerdoti druidi chiamavano la notte del Samhain, che cade il 31 di ottobre."

"Dunque devo immaginare che ieri era la ricorrenza del cinquantesimo anno? Per questo motivo insieme al sindaco Chapman e al giudice Owen dovevate recuperare i libri a ogni costo?"

Adam Ford scosse la testa.

"Non è così. L'ultimo rito è datato 31 ottobre del 1850 e non se ne sarebbero dovuti celebrare altri per i prossimi sedici anni. Deve tener conto che la notte del Samhain cade il 31 ottobre di ogni anno, ma non è necessario recitare alcun rito che non sia una preghiera di ringraziamento o una dedica a chi c'è stato caro in vita e ora non c'è più. È una notte misteriosa, in cui si apre un varco che collega il nostro mondo a quello dei morti, permettendo alle anime quiete di tornare a far visita alle persone che sono loro vicine. I vivi lasciano del cibo e dell'acqua fuori dalla propria abitazione per sfamarle, insieme a delle candele accese per aiutarle a ritrovare la strada. Le anime si ristorano, poi entrano nelle abitazioni e carezzano la testa dei loro cari, implorando per loro una vita serena e un posto confortevole quando il mondo dei morti li trascinerà con sé."

Dorian Bayley comprese perché in paese i davanzali di tante abitazioni erano stati adornati come piccoli santuari votivi.

"Le forze che governano l'universo, però" riprese Adam Ford "fanno sì che ogni 50 anni una terza dimensione si allinei alle altre due, sede del regno dove ribolle il male con il suo esercito di creature dannate. I giorni che precedono questo evento sono caratterizzati da eventi strani: gli animali diventano irrequieti, folate di vento agitano la foresta e la terra trema scossa da tuoni terrificanti. È solo allora che noi membri della setta siamo chiamati a celebrare il rito degli *Ambactus Danu*."

"Immagino, allora, che questa volta qualcosa deve essere andata storto …"

Dorian Bayley iniziava a capire.

"Proprio così" confermò Adam Ford "Vernon Doyle deve aver aperto il libro e recitato la formula, credendo a qualche insulsa diceria popolare che delega a quelle formule il potere di conferire l'immortalità."

"Invocazione" osservò Dorian Bayley incuriosito "il libro sottratto a lei conteneva la formula dell'invocazione."

Anche Adam Ford sorrise, riconoscendo all'ispettore una capacità intuitiva fuori dal comune.

"L'invocazione rappresenta soltanto la prima parte della formula; è necessaria in quanto non avrebbe senso recitare le parti successive, che terminano con il respingimento della bestia nel mondo degli inferi, se prima non si è sicuri di averla stanata."

L'ispettore fece cenno a Ford di fermarsi un momento. Si alzò e frugò nella tasca del suo cappotto, ne estrasse un bigliettino e glielo mostrò.

"Devo immaginare che le restanti parti del rito riguardino l'apparizione, l'imprigionamento e la cacciata negli inferi."

Adam Ford lo osservò scuotendo di nuovo la testa.

"Questa è la scrittura di mio figlio Martin."

"Ne ero quasi certo ma ora ho la conferma su chi sia stato a infilarmelo in tasca durante il fune-

rale di Vernon Doyle" sorrise l'ispettore.

"Mio figlio è un po' scettico e questo mi preoccupa perché è lui che dovrebbe prendere il mio posto quando non ci sarò più. Credeva che fornendole degli indizi, lei avrebbe potuto aiutarci a ritrovare il libro. Sapeva che per me era di importanza vitale e desiderava la mia tranquillità."

"Torniamo a Vernon Doyle" riprese l'ispettore sorvolando sull'ultima parentesi.

"Il potere della formula magica risiede non soltanto nelle parole che la compongono, ma anche e soprattutto nell'essere recitata da maestri iniziati in un luogo sacro, seguendo regole secolari ben precise. In caso contrario si rischia di alterare l'equilibrio con cui il bene e il male condividono l'esistenza in questo universo. Senza alcuna accortezza Vernon Doyle si è limitato a leggere la formula dell'invocazione dal testo originale, provocando la temporanea apertura di un varco tra la nostra e la dimensione degli inferi, permettendo a un demone di attraversarlo. Da qui nascono i terribili accadimenti degli ultimi giorni. Il compito mio, del sindaco Chapman e del giudice Owen che, insieme a Nevil Morgan, come avrà ormai capito, sono gli altri appartenenti alla setta, era quello di recuperare a ogni costo i manoscritti; era l'unico modo per interrompere questa macabra catena di omicidi. Una volta venuti a sapere dell'uccisione di Nevil Morgan, madame Eleonor si è resa disponibile a celebrare la formula dell'imprigionamento contenuta nel testo che l'ispettore custodiva."

Adam Ford riprese fiato. Riordinò nella propria testa gli accadimenti e poi proseguì.

"Quando volevamo recuperare il manoscritto, però, ci siamo accorti che qualcuno ci aveva preceduto; era entrato in casa di Nevil Morgan impossessandosi del testo, gettandoci nel panico più assoluto. Grazie a mio figlio Adam, abile ad aprire porte e serrature, siamo riusciti a recuperare il suo diario personale, nel quale c'era un appunto che ha subito attirato la nostra curiosità. L'ispettore era riuscito a scoprire il luogo in cui Vernon Doyle aveva nascosto il manoscritto e lo aveva annotato per iscritto, forse perché voleva lasciare traccia delle sue indagini conoscendo il pericolo."

Fece cenno all'ispettore di aprire il diario e gli indicò una pagina precisa.

"Biblioteca, secondo scrittoio a sinistra partendo dalla parete in fondo, sotto mattone con incisa croce" lesse ad alta voce Dorian Bayley.

"Dunque, insieme al giudice e al sindaco, in piena notte, avete pensato di andare a recuperare

il libro, sperando che anche il testo rubato nella casa di Nevil Morgan fosse nascosto lì …"

"Mi stava già facendo seguire, vero ispettore?" chiese Adam Ford senza rancore.

"Mi racconti cosa accadde quella notte" lo incoraggiò Dorian Bayley dando per scontata la risposta.

"Rovistammo il pavimento dell'intera biblioteca, sotto i tappeti, spostando oggetti e scaffali, illuminando con le lampade ogni pollice quadrato di superficie ma, del mattone con la croce incisa, non vi era traccia. Ce ne tornammo affranti e sconsolati, ma non rassegnati. Non potevamo lasciare Greystone in balia di un pericolo mortale."

Dorian Bayley rifiutava di dare credito a ciò in cui Adam Ford credeva e al quale, insieme a personaggi tutt'altro che sprovveduti, aveva dedicato parte della sua vita. Tuttavia il racconto gli era prezioso perché dissipava gli ultimi dubbi e spiegava, come un ingranaggio perfetto, gli accadimenti ai quali mancavano ancora piccoli particolari.

"Cosa avete fatto allora?"

"Mi ero accorto che Jacob Young mi stava seguendo. Dopo la sua ultima visita ho temuto che mi avrebbe presto imprigionato, cancellando in tal modo l'ultimo residuo di speranza. Ho dovuto eludere la sorveglianza dell'agente e nascondermi in casa del sindaco; se questo rappresenta un reato, ora che tutto è finito, sono pronto a pagare senza il minimo rimorso."

Dorian Bayley sorrise.

"Abbiamo brancolato nel buio sino a quando siamo venuti a sapere dell'omicidio della povera Margaret e del furto del terzo libro in casa del giudice Owen" proseguì Adam Ford "quella notte siamo tornati in biblioteca disposti a battere ogni singola mattonella per scovare il nascondiglio dei libri, ma non ce n'è stato bisogno."

L'ispettore sollevò un sopracciglio e il suo volto formulò una domanda muta.

"Sotto un tappeto" riprese Ford "ce ne era una incisa con il simbolo di un crocefisso. È probabile che, prima della nostra ispezione, padre Beathan abbia celato il nascondiglio capovolgendo la mattonella. Mai avremmo sospettato potesse essere coinvolto in tutta questa storia; purtroppo ci siamo accorti troppo tardi di aver sottovalutato la sua intelligenza raffinata, seppur malata. Sta di fatto che, dopo averci nascosto il terzo libro, forse preso dalla fretta, deve averla nuovamente posizionata nel verso giusto. Abbiamo fatto pressione sui lati e la mattonella, che era solo incastrata, è venuta via insieme alle due adiacenti, portando alla luce un pertugio segreto dove abbiamo ritrovato i tre i testi. Abbiamo tirato un sospiro di sollievo; di lì a poche ore avremmo dovuto celebrare il rito ma, senza quei manoscritti, ci saremmo trovati a dover affrontare un nemico feroce senza alcuna difesa."

"E se aveste celebrato il rito il giorno successivo?" chiese Dorian Bayley, incuriosito dalla storia benché scettico.

"La nostra conoscenza non ci consente di prevedere tutto. D'altronde, ispettore, fino a pochi giorni prima ignoravamo quali forze potesse scatenare la recitazione della formula da parte di qualcuno non appartenente alla setta degli *Ambactus Danu*. Siamo stati testimoni del terribile potere che nascondono questi testi e ora che conosciamo il pericolo generato da un loro uso improprio, sarà nostra responsabilità, e quella dei nostri successori, custodirli con cura assoluta."

Il silenzio fu riempito dai pensieri increduli e affascinati di Dorian Bayley.

"Padre Beathan" sentenziò "ha valicato ogni limite etico; attirato dalla promessa di una ricchissima ricompensa in denaro e guidato da una mente malata che lo ha lentamente trascinato nella follia, non si è fatto scrupoli a uccidere per cercare di raggiungere il suo scopo. Ha coinvolto anche Vernon Doyle nel suo piano criminoso sfruttando la completa soggezione del custode nei suoi confronti, poi, quando è diventato un pericolo, lo ha ucciso in modo brutale. Non le sembra più credibile come spiegazione, Mr. Ford?"

Adam Ford allargò le braccia.

"Non pretendo che tutti credano; sono convinto, anzi, che per il bene di Greystone è meglio che tutto questo rimanga riservato, invisibile, una semplice storia di fantasia da raccontarsi durante una fredda notte di inverno al caldo di un camino e in compagnia di amici. Ma il male ha radici profonde e il suo modo di agire rimane misterioso e imprevedibile. Stavolta ha colpito corrompendo l'anima di un prete, di un uomo la cui bontà era nota in tutto il paese, trasformandolo in un assassino sadico e assetato di sangue. In questo modo non soltanto è riuscito a seminare morte, terrore e dolore, ma ha palesemente sfidato un'intera comunità, mostrandole come la sua crudeltà si fa beffe di chi si dichiara, sulla terra, il suo nemico giurato."

"Resta da chiedersi perché tutte queste spiegazioni non me le ha fornite in precedenza."

Nelle parole dell'ispettore si avvertì un'improvvisa vena di risentimento che, tuttavia, svanì subito tramutandosi in un'espressione benevola.

"Come immaginerà, siamo costretti ad agire nella massima segretezza; operiamo nel riserbo più assoluto, vittime di una persecuzione religiosa che dura da secoli, alimentata dalle alte gerarchie della chiesa ufficiale. Come potevamo fidarci di lei? Inoltre la nostra priorità erano i manoscritti; se li avesse recuperati la polizia, con ogni probabilità, non avremmo potuto celebrare il rito del Samhain nero, con conseguenze impossibili da prevedere. Detesto fuggire dalla legge e riconosco di aver agito in modo illegale, sottraendomi alla cattura e nascondendole delle informazioni. Mi creda ispettore, sono pronto a subirne le conseguenze, che mai potranno essere paragonabili allo spargimento di sangue che avrebbe continuato a terrorizzare Greystone se non fossimo riusciti a celebrare il rito ieri notte."

"Non ci sarà alcuna conseguenza per lei Mr. Ford" lo rassicurò Dorian Bayley "e stia tranquillo, manterrò il segreto per quanto riguarda la vostra appartenenza agli *Ambactus Danu* che, mi permetta di esprimere il mio pensiero, non ha avuto alcuna influenza sul ristabilimento della pace a Greystone."

Il fatto che l'ispettore rimanesse saldo sulle sue posizioni non poteva che rassicurare Adam

Ford. Per quanto lo ritenesse un uomo di parola, era sempre preferibile che il suo interesse verso la setta, come quello di chiunque altro, fosse limitato.

"C'è comunque una cosa che vorrei dirle prima di augurarle un buon rientro a Londra." "Prego."

"Padre Beathan non conosceva l'accesso alla grotta e non avrebbe mai potuto fuggire per quella via dopo l'omicidio di Vernon Doyle; a meno che..."

"A meno che?"

"Qualcuno, o meglio qualcosa, lo avesse guidato verso quell'uscita, altrimenti impossibile da trovare, come lei avrà potuto constatare di persona."

"L'unica concessione che posso farle, Mr. Ford, è che l'aria di questo paese ha qualcosa di suggestivo. In concreto, però, non ho notato nulla che non si possa spiegare con la ragione e con l'opera umana. Per esempio" si fermò per terminare il Brandy rimasto nel bicchiere "la stessa madame Eleonor, dopo essere caduta in trance, mi aveva comunicato che il corpo senza vita di Nevil Morgan si trovava in posto buio e freddo. Se proviamo a spogliare l'informazione dal velo di teatralità con la quale mi era stata data e pensiamo che in quel momento l'ipotesi più plausibile fosse che l'ispettore Morgan era stato assassinato, cosa di cui ero già certo, non sarebbe stato difficile tramutare il risultato di una semplice analisi dei fatti in un dono elargito da uno spirito che si era messo in contatto con quella che voi considerate una veggente."

Sul viso di Adam Ford si stampò una smorfia che tradì la stanchezza di una notte insonne. L'addetto al cimitero si alzò e Dorian Bayley lo accompagnò alla porta. Si salutarono come vecchi amici. Prima di congedarsi, però, Ford fissò l'ispettore negli occhi.

"Come spiega che la stessa identica visione madame Eleonor l'aveva avuta in mia presenza il giorno precedente la scomparsa di Nevil Morgan?"

Senza attendere risposta augurò buona vita all'ispettore e si allontanò indossando il largo capello di lana.

Far processare chiunque avesse nascosto una verità nei giorni di Greystone avrebbe significato accusare buona parte di coloro che vi risiedevano, a cominciare dal giudice Owen per finire a Darrel Bennet, la cui posizione oscillava fra diversi gradi di responsabilità. Dorian Bayley propense per la meno pesante delle ipotesi, quella che lo stesso Bennet aveva sostenuto nell'ultimo colloquio prima della visita a padre Beathan, culminata con il suo suicidio. Bennet aveva confessato di aver incaricato il prete di reperire i quattro testi che Donald Acton gli aveva commissionato, ma gli aveva chiesto di acquistarli per poi rivenderli allo stesso Bennet a un prezzo assai elevato, che avrebbe garantito a padre Beathan un ottimo margine di guadagno. Bennet aveva sostenuto di essersi rivolto al prelato in quanto aveva avuto notizia, poi rilevatasi infondata, che i testi fossero custoditi all'interno della biblioteca della chiesa e, in secondo luogo, perché aveva contatti con tutti gli abitanti di Greystone, cosa che gli avrebbe permesso di trattarne l'acquisto da una posizione privilegiata. Tutto questo filava assai liscio e non c'era motivo di dubitare della buona fede di Bennet che poi, però, sospettando che il prete fosse coinvolto con l'omicidio di Vernon Doyle e con il furto a casa di Adam Ford, aveva preferito cambiare aria temendo che gli indizi avessero portato l'ispettore Bayley sulle sue tracce. Non rassegnatosi a perdere un affare di quella portata, Darrel Bennet non era rientrato a Londra ma si era rifugiato nella vicina Little Castle, dove si tenevano una serie di aste e di eventi riguardanti oggetti e quadri di valore, riuscendo in tal modo a raggiungere il duplice scopo di sparire dalla scena e di acquistare qualche pezzo interessante per la propria collezione. Non aveva avuto più contatti con padre Beathan sino al giorno dell'omicidio di Margaret. Infatti, poco prima che il giudice Owen irrompesse nell'ufficio dell'ispettore per annunciare il ritrovamento del corpo della povera Margaret, padre Beathan era riuscito a intrufolarsi nel seminterrato della struttura per informarlo che anche il terzo libro era stato recuperato e che ne mancava soltanto uno per ottenere la ricompensa pattuita. Quando il giudice Owen aveva annunciato la morte di Margaret, però, Bennet si era convinto che il prete fosse l'assassino e un lungo brivido di terrore gli era corso su per la schiena pensando che sarebbe potuto essere accusato di complicità. Nel migliore dei casi, l'accusa di essere il mandante di un omicidio lo avrebbe condannato al carcere per il resto dei suoi giorni. Aveva riflettuto sul da farsi ed era arrivato alla conclusione che la partita era ormai perduta; avrebbe dovuto raccontare tutta la verità all'ispettore. Dopo l'omicidio di Margaret, però, le ore si erano fatte frenetiche e non c'era stato modo di ottenere un colloquio con lui o con i suoi agenti, sino a quando l'ispettore non si era palesato d'improvviso, prima di andare ad arrestare padre Beathan.

Nelle ore precedenti la partenza per Middlesbrough, fissata per le 12, Dorian Bayley si concesse un ultimo giro per Greystone. Voleva respirare l'aria di un paese che era tornato a vivere, senza paura, senza più agghiaccianti interrogativi da porsi, ma con un ricordo terribile che avrebbe richiesto del tempo per sfumare ed essere dimenticato. Quello che non si aspettava era la dimostrazione di affetto e di stima che ogni persona con la quale aveva avuto a che fare in quei giorni gli aveva ostentato. La comunità era grata all'ispettore Bayley perché, al di là di tutte le credenze che avrebbero continuato a plasmare la vita e i rapporti fra le persone, era riuscito a entrare in una comunità con sensibilità e decisione, rischiando la propria vita nel tentativo di restituire serenità e pace a tutti gli abitanti. Ora che Nevil Morgan non c'era più, molti avrebbero visto in Dorian Bayley il suo sostituto ideale.

"Oramai lei è a conoscenza di cose che la integrano in questa comunità e che fanno di lei la persona perfetta per sostituire l'ispettore Morgan" gli aveva confidato il giudice Owen.

Lusingato da quelle parole, Dorian Bayley promise a sé stesso che sarebbe tornato non appena congedatosi da Scotland Yard.

Quando si affacciò sulla porta del laboratorio di George Davies, il fabbro era seduto su uno sgabello e stava maneggiando un asse di legno.

"Vedo che si dedica anche alla falegnameria" gli disse Bayley ridendo.

"Ho saputo della sua partenza" replicò il fabbro, che aveva l'aria di chi cercava il pretesto per rimandare il suo lavoro "ma prima io e lei abbiamo una missione da compiere vero?" domandò mentre si toglieva il camice da lavoro e indossava un pesante cappotto.

Dorian Bayley tirò fuori il suo orologio ma George Davies non gli diede modo di obiettare.

"Ci vorranno soltanto dieci minuti, dopodiché l'accompagno io a prendere i suoi bagagli e le farò da facchino sino alla stazione. George Davies non dimentica chi gli ha offerto da bere."

L'ispettore si rassegnò e, insieme, salirono sulla carrozza che gli era stata affidata per il periodo di permanenza a Greystone. Il fabbro era stato di parola. Alle 11,45 erano sulla banchina del binario dove il treno era già in attesa; accanto ai fedeli agenti Gordon Craig e Jacob Young vi erano il sindaco Chapman e Martin Ford, accorsi a porgergli i saluti a nome del villaggio.

Dorian Bayley detestava gli addii perché spesso erano accompagnati da un profondo dispiacere condiviso; dovette lottare con tutte le forze per non farsi attanagliare dalla nostalgia, capace di aggrovigliarsi addosso come un serpente affamato.

Finiti i convenevoli prese posto in carrozza in compagnia della piccola botte di birra, fatta salire grazie all'aiuto delle possenti braccia di George Davies. Si sentiva stanco ma soddisfatto; mentre il treno lasciava la piccola stazione ebbe modo di ammirare per l'ultima volta la bellezza di Greystone ricoperta di neve, con i suoi comignoli fumanti e le costruzioni in pietra sulle quali era scritta la storia di una comunità fuori dall'ordinario.

Quando mancavano pochi minuti all'arrivo nella stazione di Middlesbrough si ricordò della lettera che Adam Ford gli aveva consegnato; infilò le mani in tasca e la prese. Come mittente c'era soltanto il nome "Madame Eleonor"; l'aprì e ne lesse il breve contenuto, scritto con una grafia elementare ma facile da comprendere:

"Suo figlio Samuel è felice e desidera rivederla."

Lasciò cadere il foglio sul pavimento; serrò i pugni e le braccia cominciarono a tremare come stesse per esplodere. Dovette far ricorso a tutto il suo autocontrollo per non farsi travolgere dai ricordi. Il treno sul quale stava viaggiando, un'ora più tardi, avrebbe fatto ritorno a Greystone ma lui avrebbe strappato quella lettera, preso la coincidenza per Londra e sarebbe tornato alla vita di sempre.

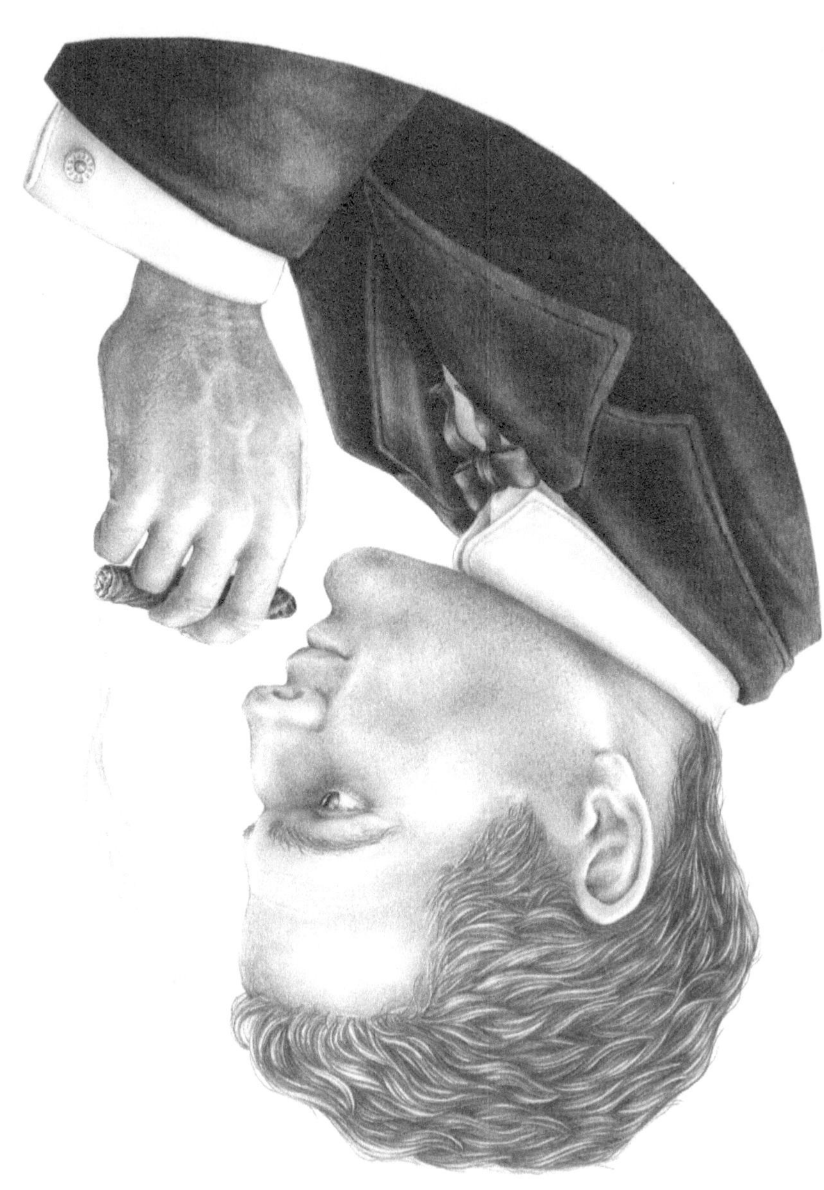

27 Ottobre 1750. Un ragazzo corre a perdifiato in una cupa notte d'autunno. La lettera che il diacono del vescovo Matthews deve consegnare ad Arthur William Harrington, aristocratico e membro segreto della setta degli *Ambactus Danu,* contiene una notizia che potrebbe sconvolgere la tranquilla esistenza degli abitanti di Greystone. Una forza terribile e malvagia si sta risvegliando e minaccia di portare morte e terrore nella notte del Samhain. Per impedire al male di mietere le sue vittime, i quattro maestri dovranno celebrare un antico rituale in grado di imprigionare la bestia e farla nuovamente precipitare nel mondo degli inferi.

20 Ottobre 1884. L'ispettore di Scotland Yard, Dorian Bayley, viene inviato nella sperduta cittadina di Greystone, nel nord dell'Inghilterra, per investigare sul furto di un antico manoscritto e sulla misteriosa sparizione dell'ispettore locale Nevil Morgan, avvenuta pochi giorni dopo. Non appena giunto in paese, però, l'ispettore viene a sapere che nella notte un orrendo omicidio è stato compiuto all'interno della chiesa. La razionalità con la quale Dorian Bayley porterà avanti le indagini si scontrerà ben presto con le credenze e le superstizioni che avvolgono Greystone e condizionano la vita dei suoi abitanti.

Un giallo che intreccia passato e presente, in un complesso gioco di enigmi che porterà a galla una verità sorprendente, velata dai mille misteri che attanagliano Greystone, dove il confine fra razionale e sovrannaturale sfuma in una visione della realtà orrifica e ambigua.